5
転生賢者の異世界ライフ
～第二の職業を得て、世界最強になりました～
Author
進行諸島
Illustration
風花風花

BooooM!!

うおっ!?
!?
火球は普段より
二回り以上も大きく、
色も違っていた。
それは魔物の元まで
飛んでいくと——
激しく爆発した。

もともとここには橋があったのか。
『救済の蒼月』が落としたのかもな。

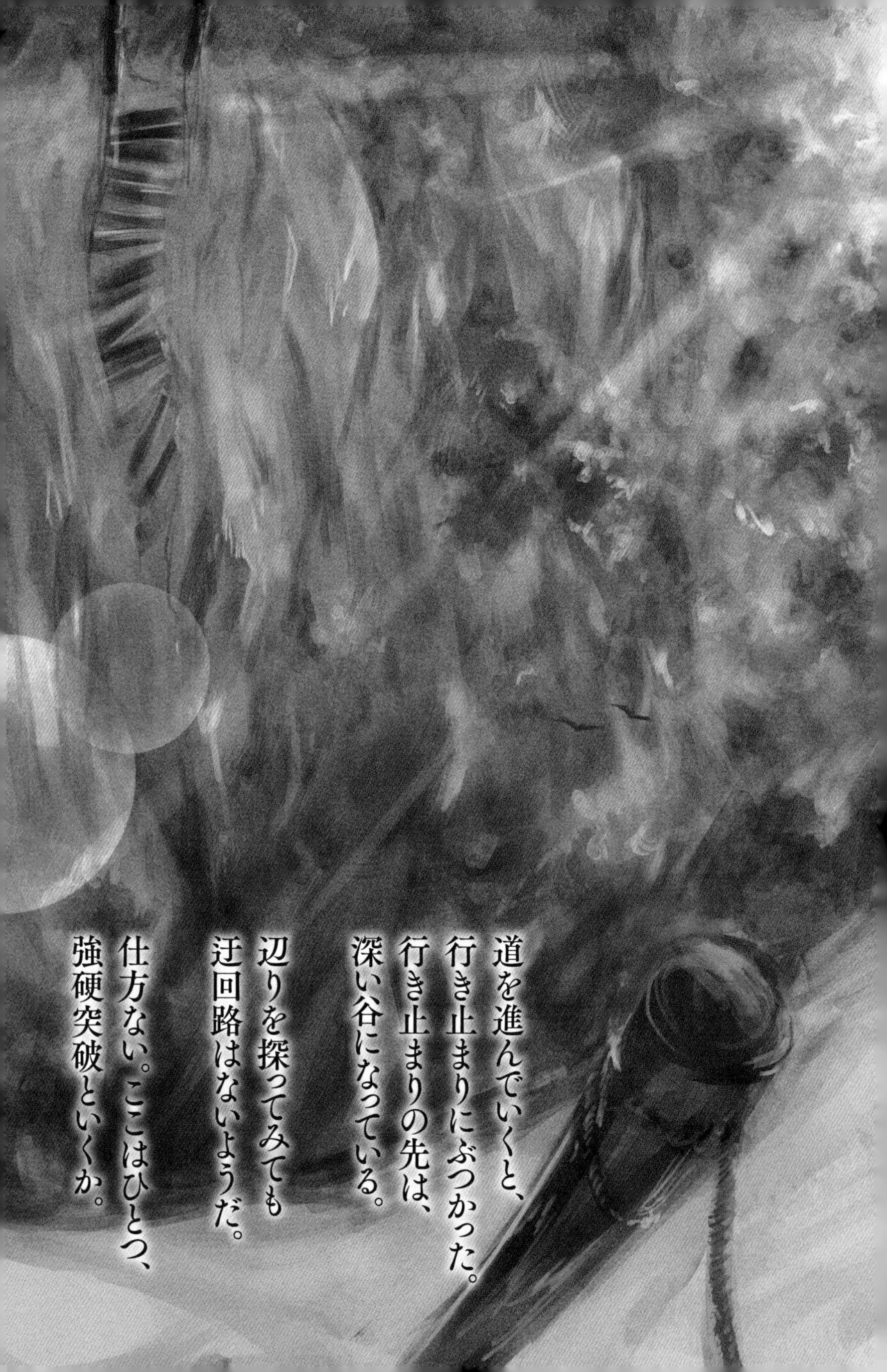
道を進んでいくと、
行き止まりにぶつかった。
行き止まりの先は、
深い谷になっている。
辺りを探ってみても
迂回路はないようだ。
仕方ない。ここはひとつ、
強硬突破といくか。

仲間になろうよー！
安全だし、ごはんもおいしいよ～！
なる～!!

ゆーじ、スラバードくんを助けんあげて！
ん？ ああ。
モンスター＿スラバードをテイムしました

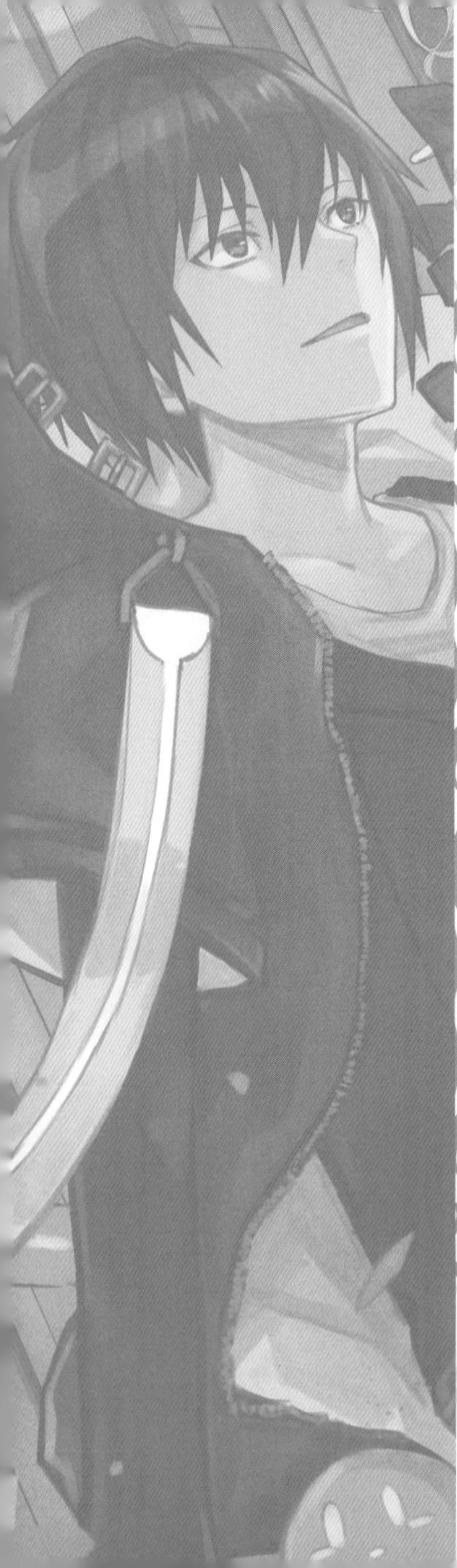

Tensei Kenja no Isekai life

contents

転生賢者の異世界ライフ
～第二の職業を得て、世界最強になりました～

転生賢者の異世界ライフ

～第二の職業を得て、世界最強になりました～

5

Author
進行諸島
Illustration
風花風花

Tensei Kenja
no Isekai life

第一章

chapter 01

Tensei Kenja no Isekai life

ガイゲルの店にファイアドラゴンの宝珠《ほうじゅ》を渡し、魔物用の防具を作ってもらう約束をした日の夜。

俺《おれ》は家で、雨について考えていた。


急に降り始めて、ファイアドラゴンを怒らせた雨。

あれは本当に、ギルドの人工降雨用魔道具によるものだったのだろうか。


『あの雨って、不自然だったか？』


俺は雨が降り始めたところを、現地で見ていない。

だがプラウド・ウルフとスライム達は、雨が降り始めたところを自分の目で見ているはずだ。

野生動物……というか野生魔物なので、カンも鋭いはず。

そう考えて、聞いてみたのだが……。

『うん！　おかしかったよー！』

『あんな雨、降ると思わないよー！』

『変な降り方だったっス！』

どうやら魔物達から見ても、あの雨は不自然だったようだ。

となると……ギルドは、確かに怪しい。

ガイゲルの話では、人工降雨用魔道具はギルドのものらしいし。

……偵察してみるか。

『ちょっと、ギルドの様子を見たい。忍び込んでくれるか？』

『忍び込むー？』

『ギルドにー？』

スライム達は、あまり乗り気ではない表情だ。

秘密組織のアジトにでも平気で忍び込むスライム達が、ギルド行きを渋るのは……恐らく、面倒なのだろう。

森の見張りとかと違って、ギルドにはスライムの餌《えさ》になる葉っぱがないからな。

となると、俺が提示すべき条件は……。

『……帰ってきたら、肉を沢山食べていいぞ。先着10匹な』

『わかったー！』

俺の言葉を聞いたスライム達は、我先にと部屋の窓へと殺到した。

そしてスライム達は、一目散にギルドへと向かっていく。

スライムの脚は本来速くないのだが……今日は心なしか、普段より動きが素早い気がするな。

だが……これは放っておくと誰《だれ》が先に着いたとかで喧嘩《けんか》になりそうだ。

スライム達は基本的に温厚なのだが……食べ物絡《がら》みでは時々喧嘩を始めるからな。

『バレないように、ゆっくり隠れて移動してくれ。なにも1匹でずっと見張りをするわけじゃない。交代で見張っていいぞ』

『わかったー！』

『じゃあ、ぼくが最初ねー！』

『ちがうよー！　ぼくがー！』

……とか言ったそばから、喧嘩が始まりそうになっていた。

だが……こういう場合の対処法を、俺は知っている。

『喧嘩した奴《やつ》は昼飯抜きな』

『『『け、喧嘩なんてしてないよ！』』』

効果は抜群のようだった。

……それから数分後。

スライム達によって平和的に選出された10匹のスライムが、ギルドに忍び込んだ。

これで、ギルド内で行われている会話はだいたい把握《はあく》できるはずだ。

あとはスライムに餌をあげながら、結果を待つだけだな。

◇

『かくれたよー！』

『なにから探すー⁉』

ギルドに潜り込んだスライムたちは、俺にそう尋ねた。

まず最初に調べるべきは、資料室だろう。

資料室に常駐しているギルド職員はいないので、入り口付近さえちゃんと見張っておけば、情報は調べ放題だ。

とはいえ膨大《ぼうだい》な数の冒険者を束ねる組織というだけあって、やはりギルドには膨大な量の資料がある。

これを全て見ていくとなると、なかなか難しそうだな……。

『そうだな……ファイアドラゴンや人工降雨装置に関する資料があれば、調べてみてくれ』

『わかったー！』

そう言ってスライム達は、資料室の中へと散らばっていく。

もし例の降雨がギルドの陰謀だったとすれば、バカ正直にそれらしい名前を付けて保存しておくとは考えにくい。

ヤバい資料は、他の部屋に保管されている可能性もあるか……。

『とりあえず、何匹かは会議室や職員が作業している部屋を見張っておいてくれ』

『わかったー！』

もし本当にギルドが人工降雨装置を使ったのであれば、そこにはなにかしら目的があるはずだ。

だとしたら、ファイアドラゴンが消失したことで、その目的が達成されなかった可能性が高い。

その対策について話し合う現場を押さえられれば、一発でギルドが犯人だと分かるわけだ。

そう考えつつ俺は、ギルドの状況を観察してみる。

ファイアドラゴンが消えた件のせいで、ギルドの中はそれなりに慌ただしい。

とはいえ、今のところ……ギルドが自ら人工降雨装置を使い、ファイアドラゴンを怒らせたことが窺《うかが》えるような話は見当たらないな。

気になることがあるとしたら、椅子《いす》の数に対してギルド職員の数が少ないことか。

机の様子などを見る限り、使われていない椅子というわけでもなさそうだが。

『外出している職員が多いのか……』

ギルドは、普段からそうなのだろうか。

潜入調査を何度もやったことがあるわけではないから、ちょっと分からないな。

他のギルド支部にスライムを送れば、なにか分かるかもしれないが……それよりは、職員たちが帰ってくるのを待ったほうがいい気がする。

そんなことを考えつつ、スライムに情報を探ってもらっていると……監視に使っていたスライム達が、文句を言い始めた。

『おなかすいたー！』

『ゆーじー！　ごはんー！』

『交代だよー！』

どうやら調査をしている間に、交代の時間になっていたようだ。

ギルドの監視は24時間態勢で行うつもりだが、俺はブラック企業を作るつもりではないので、4交代制を敷いている。

1日6時間勤務。

実にホワイトな労働環境だ。

『分かった。交代してくれ！』

『わーい！』

『いくぞー！』

俺の命令を聞いて、ギルドの監視にあたっていたスライム達が嬉《うれ》しそうにギルドから出てくる。

それと入れ替わりに、次の出番のスライム達がギルドへ入っていった。

『よし、報酬《ほうしゅう》をやろう』

俺はそう言って、出てきたスライム達に肉をやる。

監視任務の報酬だ。


『やったー！』

『美味《おい》しいー！』


仕事を終えたスライム達は、嬉しそうに肉へと群がっていく。

スライム達には普段から十分な量の餌をあげているが、今回の監視任務の報酬として出しているのは、ちょっと高めの肉だ。

どうやら、喜んでもらえたようだな。

◇

翌日。

監視も2日目に入ったが、目立った成果は得られていなかった。

『今のところ、それらしい動きはないか……』


このままなんの成果もなければ、ギルドは恐らくなにもしていないということになる。

それはそれで、このままギルドを信用して動けるということなので、有用な情報だ。

1つだけ怖いのは、本当はギルドが犯人にもかかわらず、そのことを見落としている可能性か。

ギルド内の隠し扉などは、すでにスライム達に調べてもらっている。

偉い人にも監視をつけているので、そう簡単に見落としが発生することはないだろう。

とはいえ、深夜は俺も寝ているから、監視はスライム任せなんだよな……。


『うーん、本当に大丈夫か……？』


寝る時に俺は、怪しい動きがあれば報告してくれと伝えている。

だが、どんなものが『怪しい動き』なのかは、スライム達の判断に任せている。

一応『人工降雨装置』という単語が出たら、その時は起こしてくれと伝えているが……聞いただけでは分からない符丁《ふちょう》などを使われていたら、判断がつかない。

『でも、徹夜はしたくないんだよな……』

徹夜で監視するという選択肢もある。

しかし、ギルドの動き次第では、徹夜での対応が必要になる可能性もある。

その際に、すでに徹夜しているのとまだ徹夜していないのでは、対応力にかなりの差が出ることだろう。

本当に必要な時に徹夜をするために、寝られる時には寝ておきたいところだ。

俺は少し考えてから、1つの方法を思いついた。

完璧《かんぺき》とはいえないが……今よりは情報収集力が上がりそうな方法だ。

『スライム達、よく聞いてくれ』

『どうしたのー?』

『……怪しい動きを報告してくれたら、肉を追加で支給する』

一瞬、沈黙が流れた。

そして……スライム達は、慌ただしく動き始める。

『やったー！』

『さがすぞー！』

どうやらスライム達は、まだ本気を出していなかったようだ。

追加の肉でやる気を出してくれたようなので、これで見落としの可能性は低くなるだろう。

だが……逆に気合が入りすぎて、誰かに見つからないかどうか心配だな。

いくらスライムが隠密性《おんみつせい》に優れているとはいっても、走り回ったり高い所から飛び降りたりすれば、音は立つ。

潜入での任務である以上、それはまずい。

『……目立たないように気をつけてくれよ。見つかったら報酬はなし……いや、丸1日メシ抜きの刑だからな』

『ひぃっ⁉』


俺の言葉を聞いて、スライム達は震え上がった。

そしてスライム達は、物音を立てないように細心の注意を払いながら、監視を始める。


――それから数十分後。

さっそく、俺と関係のありそうな情報が報告された。

『ゆーじー！　これ、ゆーじの名前が書いてあるー！』

そう言ってスライムが指《さ》したのは『冒険者ギルド クラスD資料』と書かれた分厚い書類だ。

スライムがめくったページを見ると、確かに俺の名前が書いてある。

『こんなの、よく見つけたな……』

ギルドには、膨大な量の資料がある。
その中から俺の名前が書いてある資料を見つけ出すとは……なかなかやるじゃないか。
考えてみると……俺がこの世界に来たばかりの時にも、スライムが読書を手伝ってくれた覚えがある。
あの時にも、大量の本を一瞬で読んでくれたはずだ。
スライム達、やればできるんだな。

『よし、あとで肉をやろう』

『やったー！』

俺はスライムに報酬を約束しながら、書かれた内容を読んでいく。

冒険者ユージに関するクラスＤ情報を以下に列挙する。

・人の身でありながら竜の魔法を使い、万単位の魔物を一撃で葬り去った。
・強力なドラゴンを単独討伐《とうばつ》した。
・『デライトの青い龍』を単独討伐した。
・魔法一撃で、国を滅ぼす力を持つ。
・犯罪集団『救済の蒼月《そうげつ》』の拠点を単独で壊滅に追いやった。

『な、なんだこれは？』


資料の内容を読んで、俺は困惑《こんわく》した。

中に書いてあることは、俺が今までやってきたことをことごとく言い当てていたからだ。

だが、これらの事実はギルドには知られていない……はずだった。

シュタイル司祭なら『デライトの青い龍』の件は知っていそうだが、他の件は人の手を借りずにやったものがほとんどだ。


なぜこれが、ギルドにバレている……？

今までギルドは、俺がそんなことをしたと知っている様子を一度も見せなかった。
まさか冒険者ギルドは、全て分かった上で俺を放置していた……？

俺は困惑しながら、ページをめくる。
すると……次のページも、びっしりと俺に関する情報が書かれていた。
だが……様子がおかしい。

・メイズ諸島を魔法で破壊し、海に沈めた。
・飼っているスライムは、金属を素材として錬成された特殊スライムである。
・『救済の蒼月』による魔法強化人間の実験体であり、寿命が短い。
・盗賊団『赤き牙《きば》』の拠点を襲撃し、壊滅に追い込む。さらに首領を尋問し盗品を奪還した。
・未知の空間魔法により、ファイアドラゴンを生きたまま消滅させた

書いてある内容は、身に覚えのないものばかりだ。
『赤き牙』など聞いたこともないし、俺は実験体ではないし、スライムは適当に拾ってきたものだ。

もちろん、強化人間でもない。

よく考えてみると……最初のページに書いてあった内容も、ところどころ俺がやったこととずれている。

俺が使ったのは竜の魔法ではなく『終焉《しゅうえん》の業火《ごうか》』だし、一撃で国を滅ぼす魔法など使えない。

『終焉の業火』であれば街くらいは滅ぼせるだろうが……国は絶対に無理だ。

『……なんなんだ、この資料は？』

そう呟《つぶや》きながら俺は、他のページも見てみる。

すると……他の冒険者に関しても、かなり適当なことが書かれていた。

例えばこれだ。

司祭シュタイル

・『デライトの青い龍』を単独討伐した。

なんとシュタイル司祭も、俺と同じように『デライトの青い龍』を単独討伐したことになっていた。

この情報がもし合っているとしたら、『デライトの青い龍』は2匹いたことになってしまう。

いや、それどころではない。


『ちょっと待てよ。デライトの青い龍、何匹いるんだよ……』


資料をざっと読んだ限りでも、デライトの青い龍を倒した奴が俺以外に5人くらいいた。

ドラゴンの在庫処分セールって感じだ。適当にもほどがある。

メイズ諸島とやらを沈めた犯人も7人いたし、『赤き牙』に至っては30回くらい壊滅していた。

それ以外にも、中に書かれている情報のほとんどは荒唐無稽《こうとうむけい》なもので、情報としての意味をなしていない。

俺の力に関する情報も、ごく一部が当たっているだけで、ひどい間違いはそれ以上に多い。

さらにひどいことに、塗りつぶされたページもある。

情報を訂正する場合には、なにかやましいことが書かれている場合でもない限り、二重線などで消すのが普通だ。

でなければ、元々資料になにが書いてあったのかが分からなくなってしまう。


しかも、塗りつぶしたくらいで情報を隠しきれるとも限らない。

もし本当に隠すべき情報であれば、塗りつぶすのではなくページごと破るべきだ。

潜入捜査がバレると困るので、復元までするつもりはないが……やろうと思えば、復元できてしまう可能性があるからな。


ギルドがこの資料を本気で作っているのだとしたら、スライム達のほうが有能な気がする……。

そんなことを考えつつ、俺は資料をどんどん読み進めていく。


すると……似たような資料は、他にも沢山見つかった。

それらのタイトルには決まって『クラスD資料』と書かれている。

中身は決まって、わけの分からないものだった。


『冒険者ギルド、本当に大丈夫なのか……？』

なんだか、ちょっと心配になってきた。
こんな適当な組織に魔物との戦いを任せて、国は大丈夫なのだろうか。
そんなことを思案しつつ、俺は調査を続けた……。

◇

監視3日目。
俺は、スライムの声で起こされた。
『ゆーじー！　たいへんだよー！　起きてー！』
『や、やばいよー！　ギルド、怖いとこだったよー！』
『重大事件だよー！』
スライム達の声が、いつになく真剣だ。

どうやら、緊急事態のようだ。

『どうした、ギルドの悪事の尻尾《しっぽ》を摑《つか》んだのか？』

『うんー！』

『悪い人、いたよー！』

スライム達の切羽詰まった声を聞きながら、俺はスライムと『感覚共有』をつなぎ、ギルド内部の情報を探る。

すると……暗闇《くらやみ》の中で相談をする、2人の女性の姿が目に入った。

女性のうち片方は、刃物を持っている。

戦闘用として使うには心許《こころもと》ないサイズだが、隠し持つにはちょうどよさそうなナイフだ。

「どう？　バレてないわよね？」

「大丈夫よ。ミルアの監視の目もここまでは届かないわ」

明らかに怪しい会話だ。

2人の顔には、一応見覚えがある。

ごく普通の、ギルドの受付嬢だったはずだ。

支部長や副支部長というわけでもなく、権力を持っているわけでもなさそうな2人。

……まさか、この2人が黒幕だったのか？

いや、まだそう考えるのは早いだろう。

この2人は実行犯で、実は裏側に誰かがいるのかもしれない。

それに、ミルアとは一体……？

『状況を教えてくれ。ミルアって誰だ？』

俺は今起きたばかりで、状況を把握できていない。

ここまでの会話の流れを把握しているとしたら、スライム達だ。

そう考えて俺は、スライム達に尋ねたのだが……。

『ミルアは、お菓子の人だよー！』

『ギルドの外に、出ていった人みたい！』

外に出ていった……ということは、あのやけに多い空席に座っていた人達の一員か。

陰謀を遂行《すいこう》するために出かけていったのだろうか。

となると、『お菓子の人』という単語が気になるな。

その『お菓子』というのは、なにかの隠語や符丁だろうか。

会話を聞かれても意味がばれないように隠語を使うのは、よくある盗聴対策だが……。

などと考えていると、また2人の声が聞こえた。

「クク……ミルアも馬鹿《ばか》ね」

「そうね。こんな美味しいお菓子を置いたまま、調査に行ってしまうなんて……」
やはりお菓子というのは、キーワードのようだな。
2人が覗《のぞ》き込んでいる場所に、その『お菓子』とやらがあるようだ。
まさか、人工降雨装置のことか？
ギルドの中にそれらしきものがあるかどうかは、真っ先に探したはずなのだが。
そう考えつつ俺は、スライムを2人の手元が見える位置へと移動させる。
すると……2人の手元に、小さなパン菓子のようなものがあるのが見えた。

……パン菓子？

「バレないわよね？」

「大丈夫よ。このまま放っておいたら、カビちゃってもったいないし」

などと話しながら、２人は慎重な手つきでパン菓子をつまみ上げ、手に持ったナイフで等分する。
そして……。

「いただきまーす！」

菓子を２等分した受付嬢達は、幸せそうな顔でパン菓子を口に放り込んだ。
それを見てスライム達が、また騒ぎ始める。

『あっ！　食べちゃった！』

『ほら！　ゆーじ！　大変だよー！』

『あの人、お菓子食べちゃった！』

……大変……？

俺の目からは、忘れ物の菓子を食べていたシーンにしか見えなかったのだが。

『なあ、もしかしてお前らが言ってた『重大事件』って、つまみ食いのことか？』
『うんー！』
『そうだよー！　重大事件だよー！』
なるほど。
確かに、スライムから見たら重大事件かもしれないな。
地球で言えば、冷蔵庫にあったプリンを勝手に食べるのと同じくらいの重罪だろう。
もちろん、人工降雨装置とはなんの関係もない。
『誰も食べなかったら、ぼく達が食べようと思ってたのにー！』
やけに騒ぐと思ってたら、こいつら自分で食おうとしてたのか……。
バレちゃいけない潜入捜査だってこと、分かっているのだろうか。

うん。

ギルドの菓子パンを盗み食いしようとしていたスライム達の調査報酬《ほうしゅう》の肉は、少し減らしておくことにしよう。

減給処分だ。

ただ……スライム達を釣る餌として、甘いものはアリかもしれないな。

この世界ではあまり見かけないので、貴重品なのかもしれないが。

そんなことを考えつつ俺は、また眠りについた。

✦ 第二章 ✦

Tensei Kenja no Isekai life

chapter
02

調査4日目。

ようやくギルドに動きがあった。

外に出ていた職員達が、かなりの数帰ってきたのだ。

「調査はどうだ？」

「担当範囲は全て完了した。集められそうな情報は全て集めたよ」

「こちらも大丈……あれ!?　ここに置いてた私のお菓子、どこに行きましたか!?」

どうやら職員達は、調査に出ていたようだな。

タイミングからいって、ファイアドラゴンに関するもので間違いないだろう。

「戻ってきたのは……半分くらいか」

「はい。一部の街を除けば危険な調査ではありませんので、単に長引いているものだと思われます」

「それは仕方がないな。本来、4日で集めるような情報ではないはずだ。まだ全員揃《そろ》っていないようだから、本格的な会議は明日に回すが……緊急性の高そうな情報は見つかったか?」

「信憑性《しんぴょうせい》の高いものは見つかりませんでした。クラスDでよければ、いくつかありますが……」

「一応聞かせてくれ」

クラスD。

2日前に見つけた、信用ならない資料と同じ区分だな。

あの資料がギルド内部でどのように扱われているのかは、少し気になるところだ。

それによって、資料の意味はだいぶ変わる。

「分かりました。初めのクラスD情報としては『ファイアドラゴン消失は、『救済の蒼月《そうげつ》』による大規模魔法の結果だ』というものです」

「どんな魔法だ？」

「このクラスD情報源によれば、街を滅ぼす規模の攻撃魔法をドラゴン1匹の範囲に集中させることで、ファイアドラゴンを跡形もなく消滅させたという可能性が浮上しています」

街を滅ぼす規模の魔法か。

メシアス村で自爆に使われた『全てを浄化する炎』であれば、そのくらいの威力はありそうだな。

炎系の魔法でファイアドラゴンを倒せるかというと、疑問ではあるが……不可能とは言い切れない。

だが、ギルドが持ってきた情報は絶対に間違っている。

なぜならファイアドラゴンを倒したのは『救済の蒼月』ではなく、俺《おれ》だからだ。

やはりクラスD情報とやらは、信用できないようだな。

「……確かに『救済の蒼月』であれば、可能性はゼロとも言えんな」

「はい。とはいえAランク魔物のファイアドラゴンが跡形もなく消滅するというのは、にわかには考えにくいですが……」

「では討伐《とうばつ》したあと、なんらかの手段で運び出した可能性はどうだ？」

「ファイアドラゴンは巨大です。人力で輸送するとすれば凄《すさ》まじい人数が必要ですよ」

「馬車を使う手はあるが……当時、街道には警戒態勢が敷かれていたはずだな？」

「はい。しかし『救済の蒼月』であれば、思いもよらない輸送手段を持っているかもしれません」

どうやら与太話も、真面目《まじめ》に検証しているようだ。

時間の無駄に感じなくもないのは、ファイアドラゴンを倒したのが自分だと知っているからだろうか。

まさかこのまま、ファイアドラゴンを倒したのが『救済の蒼月』だなんて話になったりしないよな……？

そう考えていると……報告を受けていた側のギルド職員が呟《つぶや》いた。

「ないな。このランクD情報が正しい可能性は、極《きわ》めて低い。他のランクD情報と同様にな」

「私もそう思います。まず『救済の蒼月』には、ファイアドラゴンを倒す理由がありません。強力な攻撃魔法の試し撃ちにしても、もう少しマシな的があるでしょう」

「ああ。『救済の蒼月』にとって実行が可能かはともかく、動機が見当たらないな。それに連中の魔法なら、周囲にはもっと派手に被害が出ているはずだ。死者ゼロというのはあり得ない」

どうやら2人とも、ファイアドラゴン消失は『救済の蒼月』のせいではないという結論に至ったようだ。

まあ、普通に考えてそうだよな。

「では、この説はボツということで。……少し考えればおかしいと分かる、酒場での噂話《うわさ》みたいなものです」

「まあランクD情報などそんなものだよ。それでも一応、ランクD資料には載せておきたまえ」

「なんだか無駄なことをしている気持ちになりますが、本部からの通達ですからね。頑張りますよ」

あのランクD資料は、こうやって作られていたのか……。

本部からの通達で作らされている資料だったんだな。

職員が、ちょっと可哀想《かわいそう》な気もしてくる。

まあ、あの資料がギルド内部でも信用されていないと分かったのは収穫だな。

少なくともギルドは、真面目に俺が『デライトの青い龍』を倒したと思っているわけではなさそうだ。

◇

そのあとも、職員による説明は続いた。

どれもこれも、荒唐無稽《こうとうむけい》な与太話《よたばなし》ばかりだ。

竜巻によって水が巻き上げられ、それが降雨につながったというもの。

たまたま地面に空いていた穴にファイアドラゴンが落ち、そのまま埋まってしまったというもの。

川の水による冷却で死んだファイアドラゴンが、そのまま川の下流へと流されていったというもの。

どれも真面目に集めているのかすら分からないような話だ。

中には、俺がファイアドラゴンを消滅させたというものも含まれていた。

それだけは、当たらずとも遠からず……という感じだ。

だが、それも数ある与太話の1つという感じで、別に信憑性が高いとは思われていないようだ。

「ふむ……信用できそうな情報はないようだな」

「はい。正直なところ、集めた意味はなかったと思います」

情報を集めてきた本人が、それを言ってしまうのか……。

どうやら俺と同じく、冒険者ギルドも『クラスD情報』とやらを有効なものだとは思っていないようだな。

「報告ご苦労だった。引き続き、情報を集めてくれ」

「クラスD情報もですか？　正直なところ、集める意味はない気がするのですが……」

どうやら報告したギルド職員も、俺と同じ感想のようだな。

ここまでひどい情報なら、集める価値はなさそうなものだ。

「……クラスD情報もだ。どんなに信憑性の薄いものであっても、まずは持ち帰れ。これは命令だ」

だが……報告を受けた職員（支部長ではないものの、そこそこ偉い人のようだ）は、違う意見を持っているようだった。

「しかし、緊急事態ですよ。先程の情報に、時間を割く価値がありましたか？」

「ふむ……今のところ、価値があると思える情報はなかったな」

「……それでも集めろと？」

「ああ。……ギルドの情報収集には、人の命がかかっているんだ。どんなに手間がかかろうとも、最善を尽くすしかない」

報告を受けていた職員は、真剣な目でそう告げた。

先程までの報告をしていた職員が納得のいかない顔をしているのを見て、報告を受けていた職員は言葉を続ける。

「昔『救済の蒼月』の邪悪な魔術によってボウキルスという街が消滅し、5000人近い死者が出た事件を知っているか？」

「当然です。ギルドの中に、あの悪夢を知らない者はいないでしょう」

そんな事件があったのか……。

『救済の蒼月』が危険視されているのも当然だな。

「では、あの事件が実は予測できていたという話は知っているか？」

「……予測できなかったからこそ、なんの対策もないまま奴《やつ》らの行動を許し、5000人の死者が出たのでは？」

「表向きは、そういうことになっているな。……だが実のところ、予測はできていたのだよ」

たとえ街が消滅したとしても、あらかじめそれを予測して避難していれば、5000人もの死者は出ないだろう。

話の流れからすると、事件は予測されていたはず。

なのに、それが活《い》かされなかった理由は……。

「もしかして、クラスD情報ですか？」

「当時はクラスDにも分類されず、握りつぶされたがな。だが……『救済の蒼月』が街を消滅させる、なんて話、にわかには信用できないだろう？」

「その情報が、実際には正しかったというわけですか」

「ああ。よくよく情報を見てみると、証拠まで揃っていた。クラスD情報という区分が作られ、一見荒唐無稽な情報であっても『本当に間違っているかどうか』検証するようになっているのは、その教訓を活かしてのことだよ。……今日報告してもらったクラスD情報に関しても、明日の会議で再度検証を行うことになるだろう」

なるほど。

あんなしょうもない情報が集められていたのは、そういう事情だったのか。

集めている情報はしょうもなくても、その理念は立派なものだったようだ。

「……クラスD情報って、そういうことだったんですね」

「ああ。……ボウキルスの件に関しては、あまり言いふらさないでくれよ。クラスD情報の担当者には伝えることもあるが、基本的には機密情報なんだ」

「分かりました」

そう言ってギルド職員は、情報集めに戻っていった。

そのあとも何人かが報告に来たが、今のところ怪しい情報はないようだ。

「ふむ……今日届いた情報だけでは、まだなにが起きたのかは分からないな」

「本当に怪しい場所への調査部隊は、ほとんど明日の帰還ですからね……」

「そのようだな。彼らが戻ったら速やかに会議を行えるように、今ある情報は整理しておこう」

「「はい！」」


そう言ってギルド職員達は、情報を整理し始めた。

この様子を見る限り……職員達は、とても真面目に仕事をしているようだな。

ちょっとした盗み食いのようなものはあったが。


どうやら本当に重要な情報は、明日届くようだな。

それでなにもなければ、ギルドの監視は終わりにするか。

今のところ、ギルドは真面目に仕事をしているだけに見えるし。

◇

監視5日目。

「そろそろ、監視はやめるかな」

俺はスライム達を介してギルド内の会話を聞きながら、そう呟いた。

人工降雨用魔道具に関する話は、まだ摑《つか》めていない。

ギルドは至極真面目に、依頼をさばいている。

中では治安の維持や、周辺の街道を魔物から守るために、依頼を出す話などもしているようだ。

とても、ファイアドラゴンを街にけしかけるために雨を降らせるような組織だとは思えない。

もうそろそろ、監視をやめていいかもしれないな。

ギルドの疑いは、杞憂《きゆう》だったのだろう。

『ギルド監視は、今日いっぱいで終わりだ。ご苦労さま』

『えー！』

『なくなっちゃうのー!?』

俺の言葉を聞いて、スライム達が悲痛な声を上げた。
美味《おい》しい肉が食えるということで、このギルド監視の依頼はスライムの間で人気だったのだ。

……そんなスライムの声を聞きつつ、俺はガイゲルの魔物防具店へと向かう。
今日はいよいよ、ファイアドラゴンの魔石を使った魔物防具が完成する日なのだ。

「おう！　ユージ！」

俺がガイゲルの魔物防具店へ到着すると、ガイゲルがそう声をかけてきた。
その表情は、満足感に満ちあふれている。
……もう聞かなくても分かる。

いい防具ができたのだろう。

それでも、あえてここは聞くべきだな。

「頼んでおいた魔物防具、完成してるか？」

「もちろんだ！　……最高の逸品《いっぴん》ができたぜ！」

そう言ってガイゲルが、新たな魔物防具を俺に見せた。

スライムはどんな防具でも着られるので、形はプラウド・ウルフに合わせてある。

「見た目は、前のと同じだな」

「ああ！　だが、性能は全然違うと思うぜ？」

ガイゲルの表情は、随分と自信ありげだ。

今すぐにでも試してもらいたい、という顔をしている。

「テストしてみていいか？」

「もちろんだ！」

そう言ってガイゲルは、スライムに防具をかぶせた。
防具をかぶったスライムは……楽しそうな声を上げながら、飛び跳ね始めた。

『おおー！　すごい！　体がかるいよー！』

普通スライムは、空を飛んだりしない。
だが今、スライムは……ガイゲルの店の屋根を超えるところまで飛び跳ねている。
これ……すごいんじゃないだろうか。

『ちょっと、横に向かって跳んでみてくれ』

『わかったー！』

そう言ってスライムが、地面の上をビュンビュン飛び跳ねる。
その動きは、とてもスライムのものとは思えなかった。

『お、俺より速いッス……』

プラウド・ウルフが、驚きの表情でそれを見つめている。
確かに、プラウド・ウルフより速いな……。
すごい防具ができるかもしれないとは思っていたが、まさかここまでとは……。

「この防具、凄まじいな……」

「だろ⁉　……ファイアドラゴンの宝珠《ほうじゅ》を加工させてもらえる機会なんて、普通は一生ないからな！　俺も気合を入れて作らせてもらった！」

「ファイアドラゴンじゃなくて、『ちょっと大きい、レッサーファイアドラゴン』だけどな」

俺の言葉を聞いて、ガイゲルは『しまった』と言いたげな表情になった。

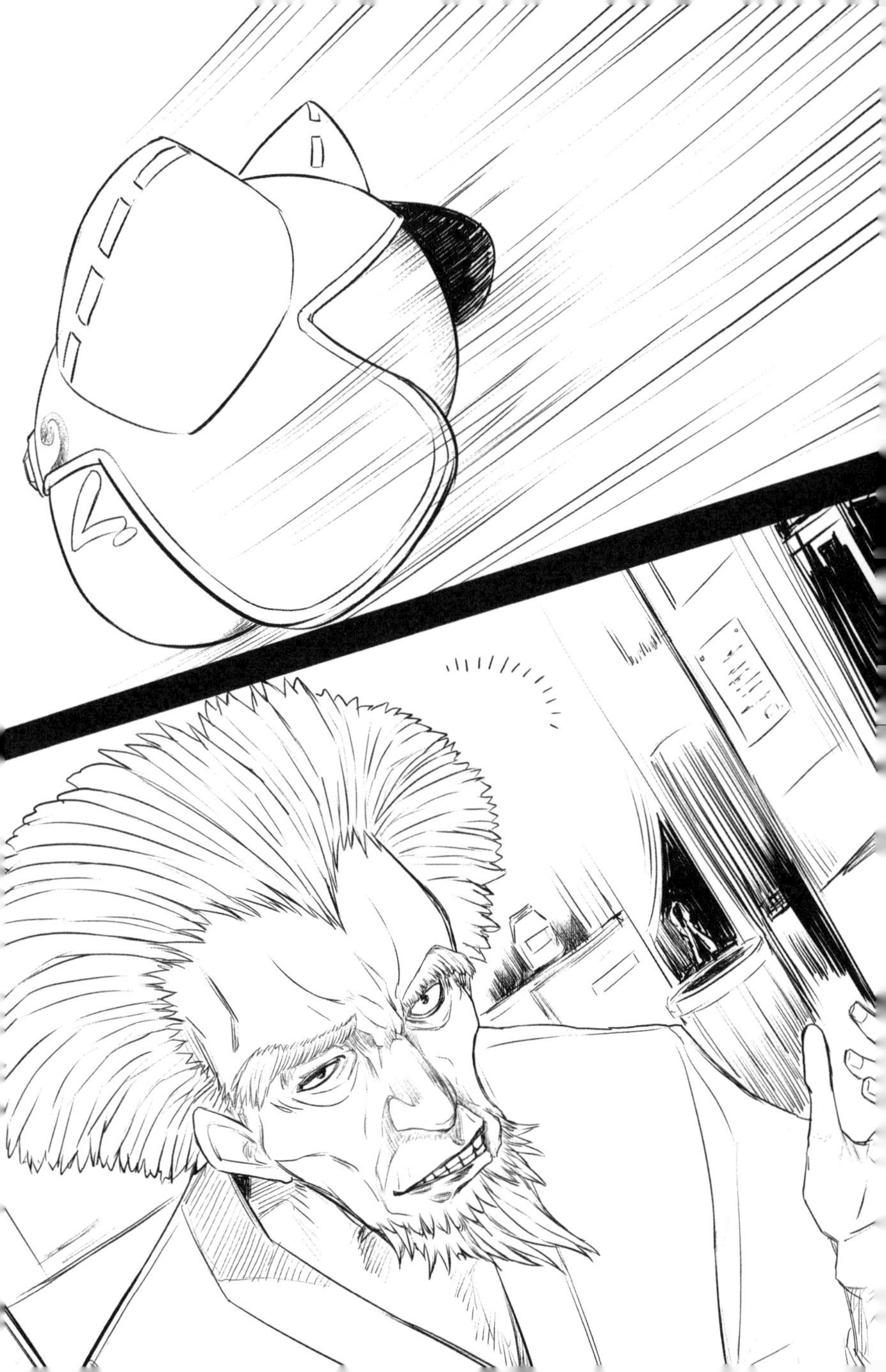

それから、誰《だれ》にも聞かれていないことを確認してから俺に聞き直す。

「おっと。そういうことになってたな。……しかし、すげえよな……。いったい、どうやって倒したんだ？」

「レッサーファイアドラゴンと同じ倒し方だ。水で冷やした」

半分は本当だ。

実際にとどめを刺したのは『永久凍土の呪詛《じゅそ》』のほうなのだが。

「……前回出た時には、雨でも川でも死ななかったって聞いてるが……まあ、あれだけの数のレッサーファイアドラゴンを倒せるユージなら、なんとかなるのか……？」

「ああ。なんとかなった。……素材の出所のことはいいとして、魔法のほうも試してみていいか？」

「もちろん試してくれ！　この防具なら、どんなに強力な魔法でも受け止められる自信があるぜ！」

心強い言葉だ。

だが……なんだか嫌な予感がする。

「試し撃ちはどこでやればいい？　前より広い場所がほしいんだが」

「なら、店の裏に空き地がある。そこでやってくれ」

「燃え広がったりしないか？」

前回の試し撃ちは店の中でやっても問題なかったが……今回は、なんとなく嫌な予感がする。

そして、こういう予感は割と当たるのだ。

「……火魔法はまずいかもしれないな。水魔法が使えるなら、それでいいか？」

「分かった」

確かに『放水』なら、ちょっとくらい加減を間違ってもひどいことにはならないだろう。

そう考えつつ俺は、スライムとともに空き地へ行く。

それから……空き地の真ん中にスライムが辿《たど》り着いたところで、魔法を唱える。


『魔法転送——『放水』』


——次の瞬間。

膨大《ぼうだい》な量の水が、スライムから噴き出した。

俺が使おうとした水魔法より、はるかに威力が上がっている。

体感で、3倍といったところだろうか。


『おぉー！』

『すごいー！　お水いっぱいー！』

俺とスライムが驚いていると……水は空き地から、周囲へと流れ出そうとし始めた。
決して狭い空き地ではないのだが、水の量が多すぎたようだ。

「スライム乾燥！」

とっさに俺は、スライムを介して周囲の水を乾燥させる魔法を唱える。
すると……今にも空き地から流れ出さんばかりだった水が、ほんの数秒で全て消えてしまった。

……『スライム乾燥』って、こんなに高性能だったっけ？

「な……なんだ今の水魔法は⁉　あんな威力の水魔法は見たことがない！」

「……なんなんだろうな？」

「自分で使った魔法だろう⁉」

俺も、あんな威力の水魔法を見るのは初めてだ。

そして、『スライム乾燥』の威力も、明らかにおかしかった。

「いや……俺が普段この水魔法を使っても、さっきの3分の1くらいしか威力は出ないんだ」

「3分の1でも十分おかしいだろ！　……こんな魔法があれば、レッサーファイアドラゴンなんていくらでも殺せるぞ⁉」

「ああ。だからいくらでも殺した」

「……そうだったな」

そう聞いて……ガイゲルは、俺がレッサーファイアドラゴンの宝珠を何百個も売ったことを思い出したようだ。

ガイゲルは、はっとした顔になったあと……俺の手を摑んで、真剣な顔で告げた。

「ユージ……この街で、レッサーファイアドラゴン狩りを続けないか？」

この街でずっと狩りか……。

定住も悪くないかもしれないが、できればもっと飯の旨《うま》い街がいいな。

……話を戻そう。

「とりあえず、防具の話に戻ろう。……この防具、魔法の威力を増幅する効果があるんじゃないか？」

状況からすると、それ以外に考えられない。

魔物の速さを上げるだけの魔物用防具を頼んだはずが……随分と恐ろしい魔物用防具ができてしまったようだ。

「意図して、そういう機能をつけたわけじゃないのか」

「ああ。……そもそも、魔法を使う魔物がいるのなんて、ユージのところだけだからな」

「言われてみればそうだな……」

賢者ではないテイマーは、魔物に魔法を使わせることなどない。
だから、テイマー用の防具に、魔法の威力増幅なんて効果をつけるわけがないのだ。
俺のスライム達だって、自分で魔法を使っているわけではないし。

「今の魔法で、魔物防具は大丈夫そうだったか？」

「ま、まさかあんな威力の魔法で試すとは思わなかったが……防具はビクともしなかったな。我ながら、化け物じみた防具を作ったもんだぜ」

どうやら今の威力でも、魔物防具は大丈夫だったようだ。
『終焉《しゅうえん》の業火《ごうか》』や『極滅《きょくめつ》の業火』はともかく、普通の魔法を使うぶんには大丈夫そうだな。

「……ありがとう。最高の防具だ」

「おう！　自信作だぜ！」

そう言って俺は防具を受け取り、代金を渡す。

加工費は100万だが……相変わらず、追加料金を払いたくなるような仕上がりだ。

「本当に、この値段でいいのか？」

「ああ。……ユージのお陰でボロ儲《もう》けできるのは、もう確定してるんだ。今さら、加工費を吹っかける気はねえよ」

「……ボロ儲け？」

なんの話だろうか。

俺は別に、ガイゲルの儲けになるようなことをした覚えはないのだが……。

「覚えてないのか？　この前、良質なレッサーファイアドラゴンの宝珠を沢山売ってくれただろ？」

「確かに売ったが……相場より高かったよな？」

確か俺は、宝珠をギルド価格の倍で売ったはずだ。

ボロ儲けをしたのは、むしろ俺のほうだと思っていたのだが……。

「まあ、高いことは高いな！　……でも、あの良質な宝珠をちゃんと加工すれば……凄まじい値段がつく。まさにボロ儲けだ。腕が鳴るぜ」

「……そういうことか」

ガイゲルは職人らしく、腕で稼ぐということのようだ。

そのためには、大量の材料が必要なのだろう。

宝珠を売ってよかったな。

俺が持っておくより、腕のいい職人に使ってもらうほうが、資源の有効利用だ。

「ありがとう。ありがたく受け取るよ」

「ああ！　……またなにかいい素材があったら、うちに持ってきてくれ！」

「分かった。そうさせてもらおう」

そう言って俺は、ガイゲルの店を出た。

それから数分後。
俺《おれ》がちょうど宿に戻ったところで……スライムから連絡が入った。

『ゆーじー！』

『どうした？』

『ギルドのひとが、なんかへんなはなししてるー！』

……ギルドの人の変な話？
いつまで経《た》ってもおかしな動きがないので、ギルドの疑いは晴れたものだと思っていたのだが……今頃《いまごろ》になって、なにかあったのだろうか。

そう考えつつ俺は、『感覚共有』を使って、スライムの聴覚を借りる。

すると……ギルドの中での会話が聞こえてきた。

「人工降雨装置の件、進捗《しんちょく》はどうだ？」

……スライムは床下に隠れているため、姿は見えないが……支部長の声だな。

俺が耳を澄ませていると……もう1人の声が聞こえた。

「大急ぎで計画を進めています。今のところ、想定外のイレギュラーはありません」

内容はまさに、俺が怪しんでいた通りだ。

やはり本当に、ファイアドラゴンを怒らせた雨はギルドが降らせたものだったのだろうか。

「候補は、どこまで絞れた？」

「現実的に、この街に干渉できる距離を考えると……候補は1つだけです」

候補？

なんの話だろう。

もしかして、ファイアドラゴンが消えた理由か？

俺がファイアドラゴンを倒したことがバレていたのだろうか。

「候補は1つ……というと、オルダリオン支部か？」

「はい。人工降雨装置の提出を拒否されました。他の支部はシロでしたので、オルダリオンが唯一の候補です。……予想通りといえば予想通りですね」

「……ああ。あそこはどうせ、協力はしないだろうな」

……ファイアドラゴンが消えた理由を探っているという感じではないな。

話している内容を聞く限り……支部長達が今やっているのは、犯人探しか。

人工降雨装置の提出。

それを求めるということは、恐らく人工降雨装置がなくなっていないか、あるいは使用した形跡がないかを確かめたい……ということだろう。

そして、オルダリオン支部を除く近隣支部は、降雨の原因ではなかったようだ。


とりあえず、雨を降らせたのは『ギルド本部の意志』というわけではなさそうだな。

もしギルド本部がやったことなら、犯人捜しなど始まるわけがないし。

ギルドが敵に回ってるとかじゃなくて、少しほっとした。


「それで、オルダリオン支部が犯人だと思うか？」

「正直、さっぱり分かりません。向こうからの返事は『協力の義務はありません。どうしても人工降雨装置の提出を求めたいなら、ギルド本部から命令を出してください』だけですので」

「……いつも通りといえば、いつも通りの対応だな。本部に命令を出してもらうのも……難しいか」


どうやら、冒険者ギルド・オルダリオン支部が他の支部からの協力要請に応じないのは、いつものことらしい。

なんだかややこしい話になってきたな……。

「なにかオルダリオン支部を疑う根拠がなければ、命令を出してもらうのは難しいでしょう。ただでさえオルダリオンは、政治的に複雑ですから」

「私が本部に出向き、時間をかけて説得すれば……許可は出るかもしれない。だが、時間が問題か」

「はい。もし人工降雨装置を使ったのがオルダリオン支部でも、時間があれば痕跡は隠せてしまいますから」

痕跡探しには、タイムリミットもあるようだ。

これは、なかなか難しそうだな。

「あきらめるしかないか。オルダリオン支部が情報を隠すのは、今回に限った話じゃない。あまり怪しむわけにもいくまい」

「……過去に何度か、人工降雨装置がギルド外に流出した事件があったはずです。その人工降雨装置が関係している可能性はないでしょうか」

「正直、その可能性は高い。だが……流出した人工降雨装置の情報なんて、掴《つか》みようがない。調査はこれで終わりにしよう」

「……残念です」

どうやら、調査は迷宮入りのようだな。

とりあえず、ギルドが敵ではないと分かっただけでも、スライムを仕込んだかいがあった。

これで俺は、安心してギルドの依頼を受けられる。

だが……今回話が出ていたオルダリオン、ちょっと気になるな。

かなり特殊な都市のようなので、情報提供を拒んだからといって犯人とは限らないが……

ファイアドラゴンによる襲撃を招いたのが本当にオルダリオンである可能性は、まだ否定《ひてい》されていない。

もし怪しい都市なら、ちょっと様子を見たほうが、安心して冒険できるかもしれないな。

今回のように突発的に、ファイアドラゴンに襲われるのに比べたら……事前に情報があったほうが、ずっといいだろう。

もしオルダリオンになんの問題もなければ、それはそれで安心して冒険者として暮らせるし。

◇

翌日。

俺はオルダリオンについて聞くため、ギルドへと来ていた。

「ちょっと、聞きたいことがあるんだが」

俺は受付に行って、受付嬢にそう告げた。

こういう質問は、変に隠そうとするほうが怪しまれる。

人工降雨の件など知らないふりで、ただ自然に聞くというわけだ。

「はい。なんですか？」

「オルダリオンって、安全な街なのか？　次の行き先として考えてるんだが」

「えっ……ユージさん、ボギニアを出ちゃうんですか⁉」

俺の言葉を聞いて、受付嬢は驚いた顔をした。

どうやら、俺の名前を覚えていてくれたようだ。

「ああ。……レッサーファイアドラゴンも、いなくなってしまったからな」

この理由は、半分本当だ。

ファイアドラゴン出現の影響で、ここ最近は、付近にレッサーファイアドラゴンが出ていない。

それどころか、ほとんど魔物すら現れなくなっている。

住民は災害がなくなって助かっているようだが……俺達冒険者にとっては、魔物がいなくなるということは、仕事を失うことを意味する。

平和なのも、それはそれでいいのだが……ずっとなにもせずにいると、なんだかすごく怠けている気分になってくるからな……。

前世が社畜なので、働いていないと落ち着かないのだ。

「確かに今のボギニアは、冒険者さんのお仕事がありませんもんね……。でも、なんでオルダリオンなんですか？」

「ちょっと前に、住みやすい街だって噂《うわさ》を聞いたんだ。治安がいいとかいう話だな」

これは、本当だ。

オルダリオンという街は非常に治安がいいという噂を、街で飯を食っている時に聞いた。

住みやすいかどうかは、知らないが。

「えっと……確かに、治安はいいと思います。ちょっと独特な雰囲気なので、合うかは分かりませんけど……」

「独特な雰囲気？」

その話は、初めて聞いたな。

だが受付嬢の口調を聞く限り、この世界では割と常識の話のようだ。

いったい、どんな街なんだろう。

「ちょっと説明しにくいんですけど……秘密主義が強くて、他の街や国の干渉を受けたがらないんです。オルダリオンの住民や冒険者の情報も、ほとんど入ってきませんね……」

「秘密主義か……」

「はい。なので、後ろ暗い人とかが集まります。住民同士でもあまり詮索《せんさく》をしない文化なので、住みやすいみたいです」

「それなのに、治安はいいのか？」

秘密主義で、後ろ暗い人間が多い。

これだけ聞くと、すごく治安の悪い場所みたいな印象を受けるのだが。

「そこが、オルダリオンの特殊なところなんです。住民同士の団結がとっても強くて、犯罪者は追い出したり殺したりしちゃうんですよ。……なので、街の中での犯罪率は、この国で一番低いと思います。詮索はしないんですけど、お互いに監視しているというか……」

なるほど……。

なんだか、息苦しそうな街だな。

だが犯罪行為をしない限り、安全な場所であるのは間違いないようだ。

「ありがとう。ちょっと行ってみるよ」

俺がそう言うと、受付嬢は残念そうな顔をした。

「ユージさんには、できればこの街にいてほしかったんですけど……。レッサーファイアドラゴンをあんなに倒せる冒険者さんなんて、初めて見ましたし……」

「悪いな。……今は冒険者経験が浅いから、色んな街を回ってみたいんだ」

「……分かりました。じゃあ、定住する気になったら、いつでも待ってますね！」

「ああ。その時はよろしく」

そう言って俺は、ギルドを出た。

とりあえず、オルダリオンの様子を見てみよう。

受付嬢の話を聞く限り、危ない街ではなさそうだが……見るだけ見ておいて、損はなさそうだし。

◇

翌日。

俺はガイゲルや支部長との挨拶《あいさつ》を済ませると、ボギニアの街を出て、プラウド・ウルフに乗った。

その俺の肩には、スライムが乗っている。

『よし、オルダリオンまで頼んだぞ』

『任せてくださいッス！』

今プラウド・ウルフがつけているのは、ファイアドラゴンの宝珠《ほうじゅ》から作った新防具だ。凄《すさ》まじくスピードが上がるので、少し危険な気もするが……プラウド・ウルフはこの防具をつけていても木にぶつかったりはしないので、乗っても安全だと判断した。もし危ないと判断すれば、弱いほうの防具に変更するつもりだが。

『よし、出発だ！』

『了解ッス！』

そう言ってプラウド・ウルフが、地面を蹴《け》った。
すると……猛烈な加速感とともに、景色が後ろへと飛び始めた。

今までのプラウド・ウルフとは比べものにならない速度だ。
時速100キロは軽く超えているのではないだろうか。
やはり、新防具の影響は凄まじいな……。

『おおー！　はやーい！』

『わーっ！』

凄まじいスピードを見て、スライム達は大興奮しているようだ。
風圧で飛ばされたりしないか、心配になってくるが……スライム達は器用にも俺の肩に乗ったまま、風圧でもびくともしない。

そんなことを考えつつ、俺はプラウド・ウルフにしがみつく。
このスピードで、もし振り落とされでもすればかなりの怪我《けが》を負うことになるだろう。
というか……馬車にでもぶつかったら大惨事だな。

『危ないと思ったら、スピードを緩《ゆる》めてくれ』

『了解ッス！　……でも、大丈夫ッスよ！　たとえ森の中でも、安全に走れるッス！』

『……そうか』

確かにプラウド・ウルフもスライムも、防具の影響で加速しても、全然ぶつかったりしないんだよな。

俺が走る速度が急に3倍になったりしたら、絶対に制御しきれずにぶつかる自信があるのだが。

もしかしたら魔物防具には、速度を上げると同時に、その速度を制御できるだけの反応速度を与えるような効果があるのかもしれない。

……などと考えていると、スライム達が声を上げた。

『まもの、いるよー！』

『クマだよー！　こわいよー！』

どうやら、熊の魔物が出たようだ。

今のプラウド・ウルフの速度なら、素通りするだけで撒《ま》けそうだが……ちょっと、試し撃ちの的になってもらうか。

『このまま突っ切っていいッスか!?』

『いや、速度を落としてくれ。ちょっと例の防具の効果を、実戦で試してみたい』

素通りを提案したプラウド・ウルフに、俺は速度を緩めるよう指示する。

せっかくの獲物だしな。

『了解ッス！』

そう言ってプラウド・ウルフが速度を落とし、魔物へと接近していく。

「……でかいな」

出てきた魔物は、プラウド・ウルフよりさらに2回り以上大きい熊の魔物だった。
さすがにドラゴンに比べれば小さいが、普通の魔物としてはかなり大きい。
恐らく、Cランクといったところか。

『や、ヤバいッス！　早くやっつけてくださいッス！』

『ぎゃあぁ～！』

『こわいー！』

プラウド・ウルフとスライム達は、ビビってしまっている。
……プラウド・ウルフが格上相手にビビるのはいつものことだが。

まあ、このくらいの魔物のほうが、試し撃ちの的にはちょうどいいだろう。

『グオオオオォォォ！』

熊の魔物が、咆哮《ほうこう》とともに襲いかかってくる。

俺はその熊を見据え――魔法を唱えた。

『魔法転送――火球《かきゅう》』

防具の性能を測《はか》りたいので、あえて威力不足の魔法を選んだ。

『火球』はそれなりに強力な攻撃魔法だが、このレベルの魔物を一撃で倒すには、威力不足なはずだ。

だが……。

『ひぃっ⁉』

プラウド・ウルフが、悲鳴を上げた。

今度の悲鳴は、魔物に対してではない。

プラウド・ウルフの目の前に転送された、『火球』に対してだ。

――大きい。

火球は普段より2回り以上も大きく、色も普段の火球とは違っていた。

なんというか……普段の火球に比べて、秘めている力の量が全く違う気がする。

そんな火球が、熊の魔物の元へ飛んでいき……爆発《ばくはつ》した。

普段使っている『火球』の爆発の比ではない。

俺は離れた場所から魔法を使ったはずなのに、ここまで爆風が来る。

「うおっと！」

『ひぃっ！』

『ぎゃあああぁぁ～』

プラウド・ウルフは慌てて地面に伏せ、スライム達は俺の体の陰に隠れた。

距離があったおかげで、被害は特にないようだ。

だが、的となった熊の魔物は——もちろん無事では済まなかった。
まるでぼろきれのように吹き飛ばされた魔物は、原型をとどめていない。
木《こ》っ端微塵《ぱみじん》というやつだ。
生死を確認する必要すらないだろう。

「……オーバーキルだったな」

もはや素材は期待できなくなった魔物を見て、俺はそう呟《つぶや》く。
なんというか……初めて『終焉《しゅうえん》の業火《ごうか》』を使った時を思い出すな。
『終焉の業火』に比べれば、防具の助けを借りた『火球』の威力はまだ軽いが……。

そんな道中を経て、俺達《おれたち》は無事に、オルダリオンへと辿《たど》り着いた。

『見た目は……普通の街だな』

外から見る分には、ごくごく普通の街だ。

街は壁に囲まれているが、これは魔物の襲撃に備えた、一般的な街の形だ。

『うんー！』

『ふつうー！』

スライム達も、同じ感想のようだ。

……とても、ファイアドラゴンに向かって雨を降らせて、暴走を誘うような街には見えないな。

そんなことを考えつつ、俺はプラウド・ウルフを下りた。

『じゃあ、ここで待ってるッス！』

そう言ってプラウド・ウルフが、森の中へと入っていく。

街中《まちなか》にプラウド・ウルフを連れて行くと怖がられるため、いつも森の中で待っていてもらうのだ。

「オルダリオンへようこそ」

俺が街へ一歩踏み入れると、門の両脇《りょうわき》に立った衛兵達が、そう言って俺を出迎えた。

……街の門に衛兵が立っているのは珍しくないが……こんな挨拶《あいさつ》を受けるのは初めてだな。

どうやらこの街の衛兵は、とても仕事熱心なようだ。

「ああ。ありがとう」

俺は出迎えに礼を言いながら、街へ一歩入る。
その瞬間——あちこちから視線が向けられた。
俺自身は、別に視線に敏感なわけではない。
だが俺の肩に乗ったスライムは、野生動物だけあって鋭い感覚を持っている。
そのスライム達の感覚は、俺達が見られていることを伝えていた。
あからさまに顔を向けてきたりはしないが……横目で見られている。
『……監視社会ってのは、嘘《うそ》じゃないみたいだな』
『なんか、すごい見られてる！』
『ふしぎだねー？』
スライム達も、視線には気づいているようだ。

特に敵意は感じないが……ただ歩いているだけで監視されるのは、不思議な感覚だな。

そんなことを考えつつ、俺は街の中へと入っていく。

とりあえず、ギルドにでも行くか。

◇

数分後。

俺は何事もなく、ギルドの目の前へと辿り着いていた。

「……ギルドも普通だな」

街の入り口から離れるにしたがって、監視の目は減ってきたが……今も何人かに見られている気がする。

とりあえず……ギルドの中にある、人工降雨装置を調べてみるか。

スライムに忍び込んでもらうことにしよう。

だが……監視の目がある中で、スライムを放つわけにもいかないな。

ここは……別働隊に任せるか。

『プラウド・ウルフ班、何匹かこっちに来て、ギルドに忍び込んでくれ』

スライムのうち7割以上は、俺の肩に乗っている。

だが不測の事態に備えて、残りのスライムは、プラウド・ウルフのもとにいてもらっているのだ。

そのスライム達に、潜入捜査を頼んでみた。


『わかったー！』


スライムが数匹、プラウド・ウルフの背中を下りた。

今ではスライム達の間に『ギルドに忍び込んだら、美味《おい》しい肉がもらえる』という認識が広がったおかげで、こういった頼みにはすぐ応じてくれるようになった。

最初はその肉をめぐって、喧嘩《けんか》になるようなこともあったが……今ではスライム同士で潜入捜査の順番が決まったようで、喧嘩になることもない。

だが、スライムはあまり速くないので、到着までには時間がかかりそうだ。

ギルドの中で、依頼でも見て待つか。

そう考えて、俺はギルドの扉を開ける。


「オルダリオンギルドへようこそ！」


俺がギルドに入ると、受付の男達が一斉にそう叫んだ。

他の街では、受付の仕事は女性が多かった気がするが……このオルダリオンギルドには、男しかいないようだ。


しかも……受付はみんな強そうだ。

力自慢の冒険者のように、筋骨隆々《きんこつりゅうりゅう》というわけではない。

ぱっと見では、普通の男達に見えるのだが……この世界で戦ってきたカンが、この男達は強いと告げている。

『おおー！　強そう！』

『ギルドのひと、つよそうだねー！』

スライム達も、ギルドの受付達の強さを感じ取っているようだ。
……受付が戦うことなんてないと思うのだが、なんでこんなに強そうなんだろう。
そんなことを考えつつ俺は、出ている依頼に目をやる。
その瞬間、俺は違和感を覚えた。
そして、少し考えてから……違和感の正体に気づいた。

「……ああ、生活関係の依頼が全くないのか」

普通のギルドには、魔物との戦闘以外にも、街の中での猫探しや力仕事といった、低ランク冒険者向けの仕事がある。
だが、ここにはそういった依頼が、1つもなかった。

よく見てみると、討伐《とうばつ》依頼も少ない。

しかも、その依頼さえ、ほとんどが領主から出ているのだ。


普通の街では、魔物に畑を荒らされて困った農民が、ギルドに魔物討伐を依頼したりする。

だが……ここでは、そういった依頼はないようだった。

……領主がすごく有能で、住民が困る前に魔物討伐を頼んでいるということだろうか。


なんというか……受付嬢が、ここは独特な街だと言っていたのが分かる気がするな。

街並みは普通なのに、細かいところがすごく特殊だ。


『ついたよー！』

『ギルド、はいるねー！』


依頼を眺めているうちに、潜入班のスライム達がギルドへ辿り着いたようだ。

スライム達は慣れた様子で、ギルドの裏口から潜り込む。

もちろん、隠蔽《いんぺい》魔法もバッチリだ。

『ああ。見つからないように気をつけてくれ』

『わかったー！』

そう言ってスライム達は、こそこそとギルドの中へと散らばっていく。

スライムほど情報集めに向いた魔物は、他にいない気がするな。

体が小さく、透明なので見つかりにくいうえに、少しでも隙間《すきま》があれば通り抜けられてしまうのだ。

敵には回したくない。

……あとは、スライムからの情報待ちだな。

俺はギルドに潜入しているスライムには、できるだけ『感覚共有』を使わないようにしている。

じゃないと、見てはいけない機密資料とかを、大量に見てしまうことになるからな……。

機密情報には少し興味があるが、なんでも見ればいいってもんじゃないだろうし。

探すのはあくまで、自分に関係がありそうな情報と、ギルドの怪しい部分だけだ。

さて、スライムの潜入も済んだことだし、依頼でも受けるか。

……と言いたいところだが、ここには手頃《てごろ》な依頼がない。

そのうえ……ギルド職員の１人が、俺から目を離さないのだ。

『すごい、見られてる……』

『なんか、こわいねー！』

俺は背中を向けて、気づかないふりをしているが……ギルド受付の１人は、明らかに俺を監視している。

まばたきもせず、ずっと視線を向け続けているのだ。

ほとんど、戦闘中の敵に向ける視線と言ってもいいくらいだな。

いきなり襲いかかられても、俺は驚かないぞ。

『今日は、やめておくか』

『うんー!』

この街の雰囲気は、なんとなく俺には合わない。

とりあえず『人工降雨装置』だけスライム達に見つけてもらって、使った痕跡があるかだけ確かめたら、別の街に移動することにしよう。

さっき監視されていたのが気になるので、受付の男達の動きだけ『感覚共有』で様子を見てみるかな。

そう考えつつ、俺はギルドを出た。

◇

俺がギルドを出て、数分後。

「……行ったか」

ギルド受付の1人が、そう呟《つぶや》いた。

俺がギルドにいる間、ずっと監視していた男だ。

「ああ。結局、なにも受注しなかったな」

もう1人のギルド受付が、そう答える。

やはり、俺の動きは監視されていたようだ。

スライムを忍び込ませて成功だったな。

そう考えていると、俺を監視していた男が、もう1人の受付に告げた。

「そうだな。……ちょっと奥に来てくれないか？」

「どうかしたか？」

「あの男について、ちょっと話したいことがある」

……話？

俺はなにか、話題にされるような怪しい行動をしただろうか。

ただギルドに入って、依頼を見ていただけなのだが……。

「分かった。あの部屋でいいか？」

そう言って男達は、ギルドの奥にある部屋へと戻っていく。

『追跡してくれ』

『わかったー！』

俺自身が話題にされている以上、放っておくわけにはいかない。

スライムに頼んで、俺は監視を継続してもらう。

『よいしょ……はいれたよー！』

男達が入った部屋の扉の隙間から、スライムが部屋へと忍び込んだ。
部屋には、やたらと厳重な防音対策が施されているようだ。
しかも扉は、二重になっている。

……ギルドって、こんな部屋もあったんだな。
二重扉なんて、この世界じゃ初めて見るぞ。

などと考えつつ、俺はギルド受付達の声に聞き耳を立てる。
すると、そこから出てきたのは……予想外の言葉だった。

「さっきの黒髪黒目の、若い冒険者……あれって、冒険者ユージだよな？」
「ああ。暗殺対象候補のユージで間違いない」

……暗殺対象候補？

いつから俺は、ギルドの暗殺対象候補に指定されたのだろうか。

確か『救済の蒼月《そうげつ》』は以前、俺を暗殺対象候補に指定していたはずだが……それはギルドとは関係ないはずだし。


そう、思っていたのだが……。


「……正確には、『元』暗殺対象候補だな。すでに候補から外れたはずだ」

「候補から外れた理由、覚えてるか？」

「確か……脅威度《きょういど》が低いって理由だったはずだ。それ以外の理由で暗殺候補から外れた奴《やつ》なんて、最近いなかったからな」

「あれの脅威度が低い⁉　冗談だろ⁉」


……ん？

なんだか、話の雲行きが怪しくなってきた。

ギルド受付達が話している内容は……『救済の蒼月』が俺に対してやってきたことと、あまりにも似ていた。

ボギニアに行く時、俺は『救済の蒼月』の暗殺者によって追跡され、監視された。

それに気づいた俺は、わざと弱いふりをして、『救済の蒼月』の相手になるような人間ではない、という認識を植えつけたのだ。

その結果、俺は『救済の蒼月』の暗殺対象から外れた。

だが……なぜそのことを、ギルドの受付達が話しているのだろうか。

まさか『救済の蒼月』の人間が、ギルドに潜り込んだ……？

そう思考を巡らせつつ、俺はなおも連中の声に聞き耳を立てる。

「本部の暗殺者が、脅威度は低いと判定したんだ。……異論があるのか？」

「今回に限っては、本部の目が節穴だとしか言いようがない。あいつはヤバいぞ」

そう呟くのは……俺をずっと監視していた男だ。

どうやら、俺は危険視されていたようだ。

「……それは、確かなのか？」

「俺の目が確かなのは、お前が一番よく知ってるだろ？」

「……そうだな」

どうやら俺を監視していた男は、人を見る目に自信があるようだ。

もう片方の男も、そのことに異論はないらしい。

「ヤバいって、どうヤバいんだ？」

「……高ランクの魔物と対峙《たいじ》すると、本能的に『勝てない』って感覚にならないか？」

「そういう感覚はあるな。アースドラゴンに会った時には、俺も生きた心地がしなかった」

「まさに、それと同じ感覚を……俺は、あのユージから感じた」

「マジかよ……」

なぜか、魔物扱いされていた。

俺はただの冒険者なのだが……。

「それだけじゃない。あの肩に乗ってるスライムも、相当ヤバいぞ」

「スライムが？」

「ああ。なんていうか……存在感が圧倒的なんだ。まるで、ファイアドラゴンでも見ている気分だった」

……あー。

確かに、今俺の肩に乗せているスライムは、ファイアドラゴンの素材から作った防具をつけているからな。

もしかしたら、防具の存在感とスライムの存在感を見間違ったのかもしれない。

案外、あの受付の目は節穴なんじゃないだろうか。

「それは、あのユージのスライムが、Aランク級だと言いたいのか？」

「Aランク魔物なら、今までにも見たことはあるが……それよりヤバいと思うぜ。正面から勝てる気はしないな」

「……エイリスがそう言うなら、相当ヤバいのかもな……。それで、どう対処する？」

「どうするって……やっぱり、不意打ちで始末がいいんじゃないか？　そのあとで犯罪者に仕立て上げれば、バレることもないだろ」

おお。

いきなり物騒な話になったな。

……依頼を受けなくてよかった。

もし受けていたら、依頼中の事故に見せかけて殺されていたかもしれない。

しかし……もうこいつらは『救済の蒼月』と見て、まず間違いなさそうだな。

ギルドの中に、なぜこんな奴《やつ》らがいるんだろう。

『ゆーじー！　やっつけるー？』

『やっつけようよー！』

スライム達が話の内容を理解しているかは分からないが……怪しげな雰囲気は感じ取っているようだ。

だが、まだ仕掛ける場面ではない。

『まだ情報を集めたい。バレないように監視を続けてくれ。ちゃんと肉はあとでやるから』

『わかったー！』

俺が指示を出すと、スライムは大人しく引き下がった。

そして、また声が聞こえる。

「いや、暗殺はまずい。少し前に、殺しすぎだって言われたのを忘れたのか？」

「それは、そうなんだが……本当にヤバい奴は、始末できるうちに始末すべきじゃないか？」

「オルダリオンが怪しまれてるんだ。もしこの街を『救済の蒼月』が乗っ取ろうとしているのがバレたら、長年の潜入作戦が水の泡だぞ！」

……なるほど。

この発言で、状況が理解できた。

『救済の蒼月』が、長い時間をかけてこのオルダリオンに潜入し、ギルドや街の中身を、少しずつ乗っ取っていったのだろう。

街の中にいると監視されているような気がしたのも、人工降雨装置の調査に協力しなかったのも、それで説明がつく。


だとしたら、人工降雨装置を使ってファイアドラゴンを怒らせたのは、オルダリオンギルドで確定だな。

恐らく、呪《のろ》いの水が入った樽《たる》を使ってファイアドラゴンを暴走させる作戦が失敗した時の保険として、人工降雨装置を用意していたのだろう。


人工降雨装置のほうがバレやすいので、まずは呪いの水を使った……といったところか。

スライムの包囲網は火山を囲んでいただけだから、火山の外から人工降雨装置を使われたら、気づけないし。


「確かに今の状況では、許可なく殺すわけにはいかないか……」

「今のところ、この街に占める『救済の蒼月』の割合は、せいぜい3割弱……。重要なポストの多くを摑《つか》んだとはいえ、バレずに殺すのは難しい」

「……それに冒険者ユージは、ギルド本部からも注目を受けているはずだ。オルダリオンで消えれば、まず確実に怪しまれる」

「ああ。……じゃあ、ひとまず領主役のゲイザー様に報告を上げておこう」

「そうだな。なんとか俺達で、バレないように殺せればよかったんだが」

……どうやら俺は、暗殺されずに済むようだ。

だが……とりあえず、この街に長居するのはやめたほうがよさそうだ。

住民が3割も『救済の蒼月』となると、気づかないうちに包囲網ができていて、暗殺されたとかいうことになりそうだし。

『プラウド・ウルフ。街を出るから、準備をしてくれ』

『了解ッス！』

俺は逃げる準備をしながら、今後の対応を考える。

連中の話だと『救済の蒼月』は、この街の住民の3割ほどしかいないらしい。

となると……『終焉の業火』などで街ごと焼き払うというわけにもいかないな。

かといって、スライムを使って『救済の蒼月』だけを1人ずつ倒していくというのも、危険だ。

以前、リクアルドが急に寒くなった事件で、『救済の蒼月』に完全に乗っ取られた街『メシアス村』と戦ったことがある。

あの時、連中は……自分たちが全滅した時に自動発動する魔法『全てを浄化する炎』を使って、広範囲を消滅させようとした。

この街にも似たような仕掛けがあるとすれば、こっちから暗殺を仕掛けるのも危険かもしれないな。

……というか……冷静に考えてみると、滅ぼすのはもったいない。

こいつらは貴重な情報源だ。

なにしろ、ここにスライム達を置いておくだけで『救済の蒼月』が次になにをしようとしているのか分かるのだから。

他支部での動きにしても、なにか大きい計画が動いていれば把握《はあく》できる可能性が高い。

これで『救済の蒼月』と戦ううえで、非常に大きい優位を得られる。

連中の拠点を1つ滅ぼすより、そのほうが有利だろう。

『200匹くらいで、この街中に散らばって……住民を交代で監視してくれ。頼めるか？』

あえて1人も倒さず、街中に監視網を敷く。

そうすると……俺がなにもしなくても、俺は『救済の蒼月』が次になにをしようとしているのかに関して、情報を得られるというわけだ。

その内容がヤバそうだったら、バレないように気をつけつつ、ギルドに情報を流すこともできる。

オルダリオン自体の動きが危険そうなら、スライム達による暗殺を仕掛ける手もある。

殺すのは、いつでもできるのだ。

こう考えると、この街にスライムを潜入させ、あえて泳がせるという作戦は理想的だ。
問題は、スライム達が協力してくれるかだが……。

『おにくー！』

『おにく、くれるー⁉』

……うん。
スライム達は、いつも通りだな。
どうやら俺が監視網を維持するためには、大量の肉を用意しなければならないようだ。
まあ、得られる情報に比べれば、安いものだろう。

『分かった。好きなだけ食っていいぞ』

『わかったー！』

そう言ってスライム達は、街の中へと散らばっていった。
……スライム達にあげる肉は、潤沢に確保しておくことにするか。

『見つからないように、気をつけてくれよ』

もし俺がオルダリオンを監視していることがバレれば、作戦は全てが水の泡だ。
その場合、街に潜んだ『救済の蒼月』を1人ずつ暗殺することになるが……それだと面倒なうえ、俺は貴重な情報源を失うことになる。
スライム達には、しっかり隠れてもらわなくては。

『うんー！』

そう話している間に、プラウド・ウルフの姿が見えてきた。
さっさと脱出することにしよう。

『どこに行けばいいッスか？』

『そうだな……』


今からボギニアに戻るという選択肢もあるが……あそこには、もう魔物がいない。

人工降雨の原因は『救済の蒼月』のようだし、すぐに戻ると、怪しまれるかもしれないな。

できるだけ、不自然じゃないように動きたい。

ただでさえ、受付の男に危険視されているのだ。

俺がここに偵察に来たということが『救済の蒼月』にバレれば、また暗殺者でも送り込まれるかもしれない。

次もまた大人しく引き下がってくれる保証なんて、どこにもないんだし。


となると……

『この道をまっすぐ行ってくれ』

『了解ッス！　……この道って、どこに続くッスか？』

『分からん。街があるのは確かだろうが、その名前までは知らないな』

俺が選んだルートは、オルダリオンを素通りして、ボギニアの反対側へと向かうような道だ。

これなら、俺は移動の途中でオルダリオンに寄っただけだと思ってもらえるだろう。

偵察のことは、バレずに済む。

『じゃあ、とりあえず街まで行けばいいッスね！』

そう言ってプラウド・ウルフが、加速し始めた。

……あとは、スライム達からの情報待ちだな。

『……行き止まりッスね』

しばらく道を進んでいくと、俺達《おれたち》は行き止まりにぶつかった。

行き止まりの先は、深い谷になっている。

地図上では、確かに道があったはずなのだが……。

そう考えて俺は、あたりを見回す。

すると……近くに、人工物があった。

「これは……橋か」

そこにあったのは、橋の残骸《ざんがい》だ。

すでに橋は壊れており、渡ることはできないが……ここには以前、吊《つ》り橋《ばし》があったようだ。

残骸は割と新しい雰囲気なので、落ちたのは最近だろう。

『どうするッスか？』

『そうだな……迂回路はないか？』

この道はギルドの大雑把な地図にも載っている、主要な道のはずだ。
そのルートが壊れているのを、放っておくとは考えづらい。
そう思い、スライム達と手分けして道を探したのだが……。

『ないよー！』

『こっちも、ないー！』

どうやら、迂回路はないようだ。
もしかしたらなにか事情があって、『救済の蒼月《そうげつ》』の連中が、橋を落としたのかもしれないな。

だが……今の状況で、引き返すわけにもいかない。

橋がかかっていた場所は谷になっているようだが……幸い、降りられないような斜面ではなさそうだ。

ここは……強行突破といくか。

『谷を普通に突っ切ろう。橋がなくても、渡れないような谷じゃないだろ？』

俺の言葉を聞いて、プラウド・ウルフは谷を覗《のぞ》き込む。

それから、力強く叫んだ。

『これなら、余裕ッス！　乗ってください！』

やっぱり、プラウド・ウルフにとっては余裕か。

こいつ、すごく小者っぽいのに、運動能力は高いんだよな……。

『じゃあ、行くッスよ！　……でも、強い魔物がいたら守ってくださいッス！』

そう言ってプラウド・ウルフは、崖の急斜面をひょいひょいと下りていく。

人間なら、一歩脚を滑らせば大怪我《おおけが》をしそうな斜面だが……その動きには、全くためらいがない。

まるで、平地でも走っているかのような雰囲気だ。

そんな中……俺の肩に乗っていたスライムが叫んだ。

『まものだー！』

『つよそうなの、いるよー！』

どうやら、こんな谷にも魔物がいるらしいな。

だが……できれば、急斜面の中での戦闘は避けたい。

戦闘に気をとられて、足でも踏み外したら危ないし。

『プラウド・ウルフ。避けられるか？』

『やってみるッス！』

そう言ってプラウド・ウルフはスピードを上げる。

だが……。

『ついてくる！』

『見つかってるよー！』

どうやら、追跡されているようだ。

『感覚共有』で見てみると、確かに強そうな魔物が、俺を追跡してきている。

恐らく……虎《とら》の魔物だな。

『随分と速いな……』

プラウド・ウルフは急斜面を平地のような速度で走っているのだが、魔物はそれについてきている。

それどころか、距離は少しずつ縮まっているようだ。

これは……恐らく、かなりの運動能力を持った魔物だな。

もしかしたら、高ランクかもしれない。

『あの防具、使っていいッスか⁉』

今プラウド・ウルフは、ブルーレッサーファイアドラゴンの宝珠《ほうじゅ》から作った、古いほうの防具を使っている。

これを新しい防具に変えれば、確かに速度は上がるが……この急斜面の中で猛スピードを出すのは、別の意味で危ないな……。

幸い、俺のＨＰやＭＰはほぼ満タンの状態だ。

これなら最悪の場合でも『終焉《しゅうえん》の業火《ごうか》』で吹き飛ばせる。

『逃げるのはあきらめて、戦うぞ。足場のいい場所で止まってくれ！』

『了解ッス！』

プラウド・ウルフは、すぐに俺の意図を理解してくれた。

そして、比較的緩《ゆる》い斜面を選んで、そこで止まる。

『さあ、ユージさん、やっちゃってくださいッス！』

『ゆーじー、がんばれー！』

俺がプラウド・ウルフから下りると、プラウド・ウルフは近くの木の陰に隠れて、俺を応援し始めた。

スライム達も、すっかり応援モードだ。

まあ、確かに今の状況では、戦うのはほぼ俺だけなのだが。

『ちょっと、砲台になってくれ』

そう言って俺は、肩に乗っていたスライムに新しい防具をかぶせる。

そして少し待つと……前方から、バキバキという音と、なにかが倒れるような轟音《ごうおん》が聞こえ始めた。

どうやら虎の魔物は、木々をなぎ倒しながらこっちへ向かっているようだ。


『ガオアアアアアアァァァァァ！』


そして咆哮《ほうこう》とともに、虎の魔物が俺の視界に入った。

――速い。

これは、『火球《かきゅう》』くらいなら簡単に避けられそうだ。

となると、今の状況で使うべきは――回避不能の魔法か。

『魔法転送――範囲凍結・中！』

俺は魔物の脚あたりを狙《ねら》って、『範囲凍結・中』を発動した。

この魔法は瞬時に発動するため、避けようがない。

マンイーターバスに使った時には一撃で倒せなかったため、今回は比較的凍らせやすい、脚を狙ってみた。

魔物は基本的に、遠距離攻撃の手段を持たない。

脚さえ縛りつけてしまえば、もう危険は少ないというわけだ。

『ガオアアアア！　ゴアッ⁉』

急に脚を凍らせられ、虎の魔物は困惑《こんわく》の声を上げながら転倒した。

周囲の地面も、かなり広範囲にわたって凍っているようだ。

……新しい防具は、凍結の範囲を広げる効果もあるみたいだな。

などと考えつつ、俺は虎の魔物にとどめを刺しにかかる。

『魔法転送——火球』

防具によって威力を増幅された火球が、機動力を失った虎の魔物に激突する。
この『火球』は、道中で見た熊の魔物くらいならバラバラにできる威力だ。

『ガオアアアアアァァァァ！』

虎の魔物が、苦痛の叫びを上げた。
だが……まだ生きている。

「……頑丈だな」

それでも、『極滅《きょくめつ》の業火』を使うほどの相手ではなさそうだ。
デライトの青い龍やレッサーファイアドラゴンと違って、ちゃんと『火球』が効いている。

『魔法転送——火球』

『魔法転送——火球』

俺は追加で2発、『火球』を撃つ。
それで、無事に魔物は動かなくなった。

『やったー！』

『やっつけたー！』

『よ、弱かったッスね！』

魔物を倒したのを見て、プラウド・ウルフが木の陰から出てきた。
スライム達はいつも通り、倒した魔物を回収し始める。

こういった素材を売った金が、スライム達の食費になるのだ。
まあ、普通の魔物を倒して、直接食糧を集めることも多いのだが。

『よし、進むぞ』

『了解ッス！』

魔物を回収に行ったスライムが戻ってきたのを確認して、俺はプラウド・ウルフにそう告げる。

……そこからの道は、特に魔物に出会うこともなく、無事に俺達は街へ辿《たど》り着いた。


「……ああ、普通の街だな」


街に一歩入って、俺はそう呟《つぶや》いた。

監視されることもないし、衛兵は入り口の近くで暇そうにしている。


平和な雰囲気だな。

街の名前は、イリアーチというらしい。

どんな街かは知らないが……恐らく、今までに俺がいた街に比べれば、ずっと安全な場所だろう。

俺は今まで、どこかの街に行くたびに、何かしらのトラブルに遭遇《そうぐう》していたし……。

などと考えつつ、俺はギルドに向かった。
とりあえずギルドに行って依頼を見れば、そこがどんな街か分かるのだ。

◇

「……ああ、普通だな……」
ギルドに張られた依頼を見て、俺はまたそう呟いた。
ここに張られている依頼は至って普通の魔物討伐《とうばつ》や、力仕事などだ。
領主以外の依頼もあるし、薪《まき》の依頼だらけということもない。
これが普通なのだが……。
普通じゃない街を経験したあとでこういうのを見ると、なんだか安心するな。
そんな感想とともに、依頼を眺めていると……1つの依頼が目についた。
Dランク魔物、スモール・タイガーの討伐。
報酬《ほうしゅう》は10万チコルだ。

……ここに来る途中の道で、俺は虎の魔物を倒した。

恐らく、あれがスモール・タイガーだろう。

せっかく倒したのだから、報告しておくか。


しかし、Dランクか……。

倒すのに、防具で強化した『火球』が3発も必要になった魔物にしては、ランクが低いような気もするが……もしかしたら、火に強い魔物だったのかもしれないな。

まあ、たまたま出くわした魔物を倒しただけで10万チコルがもらえるのだから、とりあえず喜んでおこう。


そう考えつつ俺は、いったんギルドを出た。

今までは、ギルドの中でスライムから素材を取り出していたのだが……あれだと『スライム収納』に関して、説明を求められるので、いちいち面倒なのだ。

手で持ち込むのには多すぎる量なら、仕方なく説明するが……今回は、説明不要の方法でいこう。

『さっきの、虎の魔物を出してくれ』

『わかったー！』

俺はギルドから出て、人の少ないところで魔物を取り出してもらった。
それを受け取って袋に入れると、もう一度ギルドに戻り……俺は、依頼書を受付へと運んだ。
……わざわざ袋に入れたのは、魔物の死体を持って街中《まちなか》を移動すると、見た人がびっくりしそうだからだ。

「この依頼、報告したいんだが。……移動中に倒した魔物でも、依頼は達成できるよな？」

「大丈夫ですよ。……魔物は、持ってきていますか？」

「ああ」

そう言って俺は、袋から虎の魔物の死体を取り出した。
スモール・タイガーかどうかは確かめていないが……このあたりで倒した虎の魔物なので、

きっとスモール・タイガーだろう。
違ったら、少し恥ずかしいが……。

「……え？」

俺が魔物を袋から取り出したところで、受付嬢がそう声を上げた。
なんというか……目当ての魔物が出てきた、って雰囲気の声ではないな……。
まさか、違う魔物を持ってきてしまったのだろうか。

「もしかして……違う魔物か？　虎の魔物だから、そうだと思ったんだが……」

「はい……違いますね……」

「そうか……悪いな。ハズレだった」

そう言って俺は、袋に虎の魔物をしまい込んだ。
どうやらこのあたりには、他にも虎の魔物がいたようだ。

恐らく俺は、ハズレのほうの魔物を倒したということなのだろう。

……通り道にいた魔物で依頼を達成して10万チコルゲットなんて、簡単な話はなかったようだな。

などと反省しつつ、俺はカウンターを離れようとする。

そこに、受付嬢が声をかけた。

「ちょ、ちょっと待ってください！」

「……どうした？」

「どうしたもなにも、なんで魔物を持って帰ってしまうんですか⁉」

受付嬢は、信じられないものを見るような目でそう叫んだ。

依頼対象外の魔物を持って帰るのは、当然のことだと思うのだが……。

「……依頼対象とは違う魔物みたいだから、持って帰ろうと思ったんだが」

「た、確かにさっきの魔物はスモールタイガーとは違いますけど……あれも、依頼の対象ですよ！」

「虎の魔物の依頼は、他になかったよな？」

貼《は》り出されている依頼は、全て確認した。

だが、タイガーと名前のついた魔物は、他にはなかったはずだ。

もしかしてタイガー以外の名前で、虎の魔物があったのだろうか。

などと考えていると……受付嬢が、依頼の貼ってあるスペースへと歩いてきた。

そして、Ｂランクの依頼が貼られている場所から、１枚の依頼書を手に取る。

「これです！」

そう言って差し出された依頼書には……『カニバル・ティーガー　１体の討伐』と書かれていた。

……なるほど。
タイガーじゃなくて、ティーガーだったのか。
ややこしいから、どっちかに統一してほしいものだな……。

というか……。

「報酬、ずいぶんと高くないか？」

依頼書に書かれた報酬は、３０００万チコル。
普通の魔物討伐としては、破格の報酬だ。
なにか、事情があるのだろうか。

「Bランクの魔物ですし、色々と問題になっていた魔物なので、報酬が高くなっているんです。……これは、すごい実績になりますよ！」

「……そうか。それはラッキーだな」

俺は現在、Dランク冒険者だ。

ついこの前ランクが上がったばかりなので、次の昇格までには時間がかかりそうだが……これで一歩、ランクアップが近づいたといったところか。

「はい！　……依頼達成の実績は討伐に参加したメンバー全員に分配することになるので、あとで全員連れてきてくださいね！」

メンバー全員？

……メンバーもなにも、俺は単独行動が基本なのだが……。

そう考えつつ、ふと目を肩にやると、そこにはスライムが乗っていた。

ああ。魔物もメンバーにカウントするのかもしれない。

「一緒に討伐したのは、こいつと……あと狼《おおかみ》の魔物が1匹いる。あいつも連れてきたほうがいいのか？」

スライムくらいなら、肩に乗せて移動していても、特に怖がられることはない。

だがプラウド・ウルフは（見た目だけは）凶暴そうな魔物なので、あまり街中に連れ込めないのだ。

ちょっと面倒なことになったかもしれない。

そう、思っていたのだが……。

「え？　狼？　スライム？」

「ああ。一緒に魔物を倒した仲間だ」

「……魔物じゃなくて、人間の……一緒に魔物を倒した冒険者さんは、どうなったんですか？」

「最初から、そんなものはいない。俺はソロの冒険者だからな」

一時期は俺も、パーティーを組んでいたのだが……ほんの1週間かそこらの期間だった気がする。

そんな俺の言葉を聞いて……受付嬢は、かわいそうなものを見るような顔をした。

「なるほど……そういう冒険者さん、たまにいるんですよね」

「ソロの冒険者なんて、珍しくもなんともないんじゃないか？」

「いえ、たまにいるのは……戦闘中に仲間を亡くしたことを受け入れられず、最初から仲間なんていなかったと思い込んでしまう冒険者さんです」

……うん？

なんだか、話がズレている気がする。

「……気に病まないでください。カニバル・ティーガーは強力な魔物です。あなたが魔物を倒して生き残ったことを、きっと仲間の皆さんも誇りに思っているはずです」

……なるほど。

元々俺には仲間がいたが、カニバル・ティーガーとの戦いで仲間は全員犠牲になって、俺だけが生き残った……。

　そう、受付嬢は考えているのか。

「本当に、俺は最初からソロだ」

「……ギルドは、冒険者さんがどんなパーティーを組んでいたかも把握《はあく》しています。調べれば、すぐに分かってしまいますよ？」

「じゃあ、調べてくれ……」

　俺はそう言って、ギルドカードを差し出した。

　説得するより、こっちのほうが早いだろう。

「分かりました。……落ち込まないでください……っていうのは無理でしょうけど、ちゃんと立ち直ってください。犠牲は出ていても、カニバル・ティーガーと戦って倒せたなら、十分すごいことなんですから」

そう言って受付嬢が、なにやら分厚い書類の束と、俺のギルドカードを交互に見る。

それから、困惑の声を上げた。

「……ありました。冒険者ユージ、Dランク、B級索敵者《さくてきしゃ》で……ソロ冒険者⁉」

「ああ。言った通りだろ？」

「確かに、そう書いてありますけど……これじゃまるで、カニバル・ティーガーを単独討伐したみたいな……」

そう言って受付嬢は、書類束のページをめくる。

だが、どこを読んでも、俺が他の冒険者と組んで戦っているという情報は見つけられなかったようだ。

「単独じゃなくて、魔物と一緒に倒したぞ。俺はテイマーだからな」

「いや、そういう問題じゃなくて……ちょ、ちょっと分かりそうな人に聞いてみます！　……

メギアさーん！」

受付嬢が、ギルドの奥に向かって叫ぶ。
すると……ベテランっぽい感じの受付嬢がやってきた。
恐らく、この人がメギアだろう。

「アイリア、どうしたの？」

「この人が、カニバル・ティーガーの死体を持ってきたんですけど……単独討伐だって言ってるんです！」

「……そういうことね。じゃあ、死体を見せてもらえる？」

「ああ」

メギアに促されて、俺は袋からカニバル・ティーガーを取り出した。
その死体を観察して……メギアが呟く。

「刃物の傷跡はなし、死因は恐らく……炎系統か氷系統の、魔法攻撃ね」

死体を見ただけで、そこまで分かるのか。

焼け焦げているので、炎で倒したのは分かるだろうが……氷魔法を使ったことまですぐ分かってしまうとは。

「うーん……高位の魔法使いによる、単独討伐っぽい気がするわね。あんまり大人数で倒したって雰囲気がないわ」

「でも、この人テイマーですよ⁉」

「……テイマーじゃ、この倒し方は無理ね。死体だけ持ち込んで、実績にでも……」

メギアはそう言いかけたところで、いったん口を閉じた。

それから、俺が肩に乗せたスライムに目をやると……机の上に置かれた、俺のギルドカードへと、視線を移した。

「なるほど。これは嘘《うそ》じゃなさそうね」

「えっ⁉」

メギアの言葉を聞いて、アイリアが驚きの声を上げた。

そんなアイリアに向かって、メギアが言葉を続ける。

「……魔法を使うテイマー、ユージ。……これだけ聞いて、心当たりはない？」

「あっ……言われてみると、噂《うわさ》で聞いた覚えがある気が……」

「多分、このユージがその本人よ。……話を聞く限り、カニバル・ティーガーを単独討伐していてもおかしくはないわね」

……いったい、どんな噂が伝わっているんだろう。

なんだか、嫌な予感がするな……。

もしかして、オルダリオンギルドにも、噂は広まってしまうのだろうか。
それだと、せっかく弱いふりで暗殺対象候補から外れた意味がなくなってしまいそうだが……。

……まあ、そのあたりはスライムを通して様子見すればいいか。
なにか動きがあるようなら、対策を練ろう。

「えっと……じゃあ、単独討伐扱いで達成処理しますね」

そう言って受付嬢が、依頼書にハンコを押してくれた。
移動中に魔物を1匹倒しただけで3000万チコルとは、ずいぶんラッキーだったな。

「この魔物って、どこで倒したんですか？」

「倒したのは、谷の下だ」

「谷……？」

「ああ。オルダリオンから来たんだが、橋が落ちててな。仕方なく谷を下りて渡ったんだが……その途中で見つけたんだ」

「あの谷に下りた⁉」

俺の言葉を聞いて、アイリアとメギアが信じられないものを見たような顔をした。

それから、顔を見合わせ……アイリアが俺に聞いた。

「あの谷は死のイリアーチ谷と呼ばれていて……地形的な理由で、ものすごい魔物が多いんです！　……Ｂ級索敵者さんなら、気づきますよね⁉」

「ああ。確かに魔物は多かったな」

確かにあの谷には、魔物が多かった。

スライム達の魔力感知能力に映る魔物の数が、随分と密集していた覚えがある。

まあ、プラウド・ウルフに追いつける魔物は、あのカニバル・ティーガーだけだったわけだが。

「ああ。確かに多かったが……まあ、逃げ回っていたらなんとかなった」

「逃げ回って避けられるような数じゃありませんよね⁉」

「一応、B級索敵者だからな。魔物の配置を事前に見抜いて避けるのは、得意なんだ」

……実際のところは、プラウド・ウルフの速さで、振り切っただけなのだが。

わざわざ避けるまでもなく、魔物達を置き去りにした、というほうが正しいか。

「し、死のイリアーチ谷を、そんな簡単に……！　やっぱり、規格外という噂は間違いじゃなかったんですね……！」

「そんなにヤバい谷だったのか……」

もしかしたら、今回出会ったのがカニバル・ティーガーだけだったのは、運がよかったのかもしれないな。

魔物に出会う暇もないような速度で駆け抜けてくれたプラウド・ウルフに、感謝しなければいけない。

……ちょうどいい機会だから、橋についても聞いておくか。

「そんなヤバい谷なのに、なんで橋が落ちたままなんだ？」

「あー……あそこの吊り橋ですか？」

「ああ。ギルドの地図にも描かれてるくらいだし、結構重要なルートだよな？」

そう言って俺は、カウンターの近くにあった地図を指《さ》す。

地図には、やはりオルダリオンとイリアーチの間に道が描かれているが……その中央には、赤く×印がつけられていた。

恐らく、橋が落ちたことを表現しているのだろう。

この×印はボギニアギルドにはなかったので、恐らくここのギルドが独自に付け足したんだろうな。

そして、このルートがないと、イリアーチ付近の街の移動は、かなり不便になる。

下手をすれば、3倍近い距離のルートを通って迂回しなければならないくらいだ。

物流面での悪影響が大きそうだな。

「はい。あそこの吊り橋は、この街にとってすごく大切な道でした。……火事で燃えてしまいましたが」

「火事か……原因は分かってるのか？」

「分からないままです。調べようにも、証拠は危険な谷の底ですから」

なるほど。

原因不明の火事で橋が落ちたとなると……これは本当に『救済の蒼月』が落としたのかもし

れないな。

「えっと……一応、再建予定はあるんです」

「……そうなのか？」

「はい。予算などの面で、オルダリオンとの交渉が難航しているんですが……早く開通してほしいです……」

再建も、オルダリオンのせいで止まっているのか。

『救済の蒼月』、ろくなことをしないな……。

そのあたりの情報も含めて、スライム達に探ってもらうか。

色々と、やばい情報が出てくるかもしれないし。

「再建工事が始まったら、参加してもらえると心強いです！」

「ああ。依頼を出してくれれば、できるだけ参加することにしよう」

まあ、再建は行われない気がするが。

もし『救済の蒼月』が橋を落としたのだとすれば、簡単に再建させるつもりはないだろう。

あの手この手で妨害して、再建工事を断念させるに決まっている。

……だが、オルダリオンとはつながっていないほうが、この街にとってもいいかもしれないな。

吊り橋なんかかかったら、いつ襲撃されるか分からないし。

それから少しあと。
俺《おれ》は討伐《とうばつ》依頼の報酬《ほうしゅう》を受け取り、ギルドを出た。

『オルダリオン偵察組、状況はどうだ？』

『だいじょぶー！』

『みつかってないよー！』

俺が情報を聞くと、スライム達の元気な声が聞こえてきた。
住民に紛《まぎ》れ込《こ》んだ『救済の蒼月《そうげつ》』の監視態勢も、隠蔽《いんぺい》魔法で隠れたスライム達を見つけることはできないようだ。

スライム達は今のところ、『救済の蒼月』メンバーの割り出しのために、住民を観察する任務にあたっている。

『救済の蒼月』のメンバーと、そうでない住民を把握《はあく》しておくことは、今後のために重要だろう。

できれば、街自体に仕込まれた罠《わな》なども調べられればいいのだが……そっちはあと回しだ。

連中の技術力を考えると、いくらスライムでも、簡単に見つけられるような罠ではなさそうだし。

『了解。肉はちゃんと用意しておくから、安心してくれ』

『やったー!』

だが……問題は、スライム達の交代と、食糧の輸送か。

スライム同士の距離が近い場合、『スライム収納』に入れた中身は、他のスライムも取り出せるのだが……スライム同士の距離が離れると、その機能がうまく働かなくなってしまう。

そのため、オルダリオンまで食糧を届けるには、食糧を持たせたスライムをオルダリオンまで運ばなければならないのだ。

そんなことを考えつつ、俺は肉屋へと向かう。

臨時収入も入ったことだし、スライム達の食糧を買い込むというわけだ。

◇

「……ちょっと少ないか？」

肉屋の商品棚を見て、俺はそう呟《つぶや》いた。

この街の肉屋は、なかなかの品揃《しなぞろ》えだった。

有名な肉から、よく分からない魔物の肉まで、色々と揃えてある。

だが……スライム達に食わせるには、少し量が少ない。

俺がテイムしているスライムの数は凄《すさ》まじいので、大量になければ話にならないのだ。

『すくないー！』

『たりないよー！』

案の定、スライム達もそう主張している。

そうだよな。やっぱり足りないよな。

……葉っぱを食べさせておくのが一番安上がりなんだが、こいつら、最近贅沢《ぜいたく》を覚え始めたんだよな……。

たまには肉が食べたいと言い出すし、食べる量も日に日に増えている気がする。

スライムが食べすぎて太ったりしないかどうか、少し心配だ。

「にいちゃん、大所帯なのか？」

俺が棚を眺めていると、店主が話しかけてきた。

どうやら、少ないと言ったのが聞こえていたようだ。

「ああ。ちょっと、大食らいの魔物を飼っててな」

「にいちゃん、テイマーだったのか。……それなら、イーガル・ウルフはどうだ?」

「イーガル・ウルフ?」

「オオカミ型の魔物なんだが、体が大きくて食うところが多いんだ。……硬いし、臭みが強くて調理が難しいんだが……魔物はそっちのほうが好みだって話だ」

なるほど。

まさに、エサに向いた魔物かもしれない。

「そのイーガル・ウルフなら、在庫があるのか?」

「ああ。まとめて買ってくれるなら、安くしとくぜ!」

そう言って店主が、カウンターの下から大きな肉を取り出した。

……全然、脂《あぶら》が乗っていない肉だな。

確かに、あまり旨《うま》くはなさそうだ。

「……うちの魔物が気に入るか分からないから、とりあえず少しでいいか？」

「もちろんだ！　1キロを、1000チコルでどうだ？」

「買おう」

「まいど！」

店主は肉から1キロ切り分けて、俺に渡す。

とりあえず少し……という割にはなかなかの量だが、確かに安いな。

『おにくだー！』

『やったー！　おにくー！』

スライムはそう言って、大喜びで俺から肉をもらおうとする。

あまり旨くなさそうな肉だが……スライム達には美味《おい》しそうに見えるようだ。

『……これ、旨いか分からないぞ？』

『いいのー！』

『ちょうだいー！』

『……分かった。食べたら、感想を聞かせてくれ』

そう言って俺は、肩に乗っていたスライムに肉を渡す。

すると、スライムはためらいもなくそれを丸呑《まるの》みにし……喜びの声を上げた。

『すっごい、おいしいー！』

『美味しいお肉だー！』

どうやら、気に入ってもらえたようだな。

これを大量に仕入れれば、しばらくスライムの食糧には困らなそうだ。

「これ、何キロあるんだ？」

「あー……２０００キロくらいだな」

「随分多いんだな」

２０００キロ……とうてい、この街で売りさばけるような量だとは思えない。

他の肉は数キロしか置いていないのに、なぜこの肉だけ多いんだろう。

「ちょうど、討伐依頼がまとめて達成されたぶんの肉を、全部一気に買い取ったんだよ。……いくらギルドでも、まずい肉を大量に売るのは難しいからな。こういう厄介《やっかい》な肉を仕入れて恩を売っておくと、あとでいい肉を回してもらいやすいんだ」

「……でも、２０００キロもさばけるのか？」

「もちろん無理だぜ。だから肥料にして売るつもりだったんだが……、肉のまま買ってくれるなら、ありがたい」

なるほど。

肥料っていう使い道もあるのか。

肉を肥料にするとは、随分贅沢な気がするが……それだけ、まずいということだろうか。

まあ、スライム好みの肉のようなので、安く売ってくれるなら歓迎だが。

「２０００キロ全部だと、いくらで売ってくれる？」

「全部だと⁉　……そうだな……全部買ってくれるなら、70万ってとこだが……そんなに買ってくれるのか？」

「ああ。これでいいか？」

俺は、70万チコルを差し出す。

それを見て、肉屋は驚いた顔をした。

「兄ちゃん、金持ちなんだな。……買ってくれるのはありがたいが、２０００キロは凄まじい量だぞ？　本当にいいのか？」

「ああ。ウチの魔物は、数が多いからな……」

「……２０００キロを消費できるって、どんな数だよ……。受け取りはどうする？　どこかに倉庫でも持ってるのか？」

ああ。

２０００キロとなると、倉庫がどうとかってレベルになるか。

……まあ『スライム収納』は、量がどうとかお構いなしなのだが。

「いや、スライムに持ってもらう。……肉がある場所に案内してくれれば、自分で持っていくぞ」

「す……スライムが？」

「ああ。ちょっと特殊なスキルがあってな」

「……とりあえず、倉庫を見てくれ。２０００キロを甘く見てるんじゃないか？」

そう言って肉屋が、俺を手招きする。

どうやら、倉庫に入れてもらえるようだ。

◇

「これが２０００キロだ。……そのちっちゃいスライムで運べるのか？」

無理だろ、とでも言いたげな顔で、肉屋がそう聞く。

その目線の先には、大型の狼《おおかみ》の魔物の肉が山積みにされていた。

……魔物の姿のまま置かれているのかと思いきや、ちゃんとさばいて部位別で分けてある。

この量を、全部さばいたのか。

『収納してくれ。……つまみ食いするなよ？　不自然に量が減ってないかどうか、あとで確認するからな？』

『わかったー！』

そう言ってスライムが、肉を収納した。

もし食っていたら他のスライムが気づいて怒るはずなので、恐らく食べてはいないだろう。

最近はスライム達が相互に見張ることで、食べ物を収納する時のつまみ食いはなくなってきた。

まあ、あまりに旨いものや、量が少ないものを取り合う時には、仁義なき奪い合いが始まる

 こともあるのだが。

「は？　……肉はどこにいった？」

肉が消えたのを見て、肉屋の店主が呆然《ぼうぜん》とした顔をする。

やっぱり『スライム収納』って、わけが分からないスキルだよな……。

実際、使っている俺自身もわけが分かっていないし。

なんでこんな小さいスライムに、トン単位の荷物が収納できるのだろう。

「スライムに収納してもらったんだ。なんで収納できるのかは、俺にも分からん」

「……分からないのに、収納できるのか……？」

「ああ」

そう答えつつ俺は、スライムに肉を出してもらうように頼む。

『さっきの肉、いったん出してくれ』

するると、さっき収納した肉が、そのまま出てきた。
うん。ちゃんとつまみ食いせずに収納したんだな。

「ほ、本当に出てきた……」

「まあ、こんな感じだ。……ありがとう。いい食糧が手に入ったよ」

「あ、ああ……。まいどあり！」

◇

さて……

『肉を買ったはいいが……問題は輸送だな』

『おにくー！』

『ぼくにも、ちょうだいー！』


食糧は調達できたが、輸送の問題はまだ解決していない。

見張りは交代制なので、交代の時にもスライムを運ぶ必要がある。

だが、プラウド・ウルフに輸送を任せると、いざという時の対応が難しくなる。

となると……


『やっぱり、輸送係をテイムすべきだな』


今のところ、俺達の移動はプラウド・ウルフだけに頼り切りになっている。

プラウド・ウルフがもう1匹いればいいのだが……なかなか見当たらないんだよな。

4本脚で脚の速い魔物はそう珍しくないが、それを捕まえて味方にするとなると、意外と難しい。
テイマーならなんでも魔物をテイムできるのかというと、そういうわけでもないのだ。
意思疎通ができなければ、味方にはできない。
そうでなければ、ドラゴンでも捕まえれば、すごく便利そうだが。

『輸送係を……まさか、俺はクビっすか⁉』

新たな輸送係を雇うと聞いて、プラウド・ウルフが悲痛な声を上げた。
……クビにする気は、全くないのだが。

『いや、追加で1匹飼いたいと思ってな。……今回はプラウド・ウルフに運んでもらうことにするけど、今後も監視網を維持するとなると、1匹だけじゃ大変だろ？』

『い、言われてみればそうッスね……！』

『ってことで、できればもう1匹プラウド・ウルフがいると嬉《うれ》しいんだが……お前、仲間とかいないのか？』

『仲間はいないッスね。プラウド・ウルフは基本、一匹狼《いっぴきおおかみ》ッスから。どこにいるかも知らないッス』

……なるほど。

こいつ、一匹狼だったのか……。

見てると、全然そんな感じがしないのだが。

強い魔物が現れると、ひどい時にはスライムの陰に隠れたりするし。

『となると、別の魔物だな。……どうせ捕まえるなら、空を飛べる魔物がいいか』

地上を走る魔物より、空を飛べる魔物のほうが速そうだし、偵察にも向いているはずだ。

どうせ輸送係を新しく飼うなら、飛べる奴《やつ》のほうが絶対にいい。

『そうッスね！　空から見張ってもらえば、強い魔物に襲われることもなくなるッス！』

『……ああ。ちょっと探してみるか』

そう言って俺は、ギルドへと向かった。

飛行型魔物の討伐依頼でもあれば、その依頼の場所に行けば、空を飛ぶ魔物が見つかるだろう。

……そいつがテイムできるかどうかは、やってみないと分からないが。

◇

「空を飛ぶ魔物の討伐依頼って、出てないか？」

ギルドに入った俺は、受付嬢のアイリアにそう質問した。

さっき依頼の話をした相手なので、話が通りやすいと思ったのだ。

「えっと……空飛ぶ魔物ですか？　1件だけ出てますけど……危ないですよ？」

「なんていう魔物だ？」

「コカトリスです。場所は……この間、ユージさんがカニバル・ティーガーを倒した『死のイリアーチ谷』ですね。ランクはCですけど……『死のイリアーチ谷』はすごく戦いにくい場所なので、実質的な難易度はBランク級だと思います」

あそこか……。
足場が悪くて戦いにくいが、他にないなら仕方がないか。
なんとか、味方になってくれることを祈ろう。

だが……1つ問題がある。

「討伐依頼って、テイムじゃダメなんだよな？」

「テイム……テイムって、コカトリスをですか!?」

「ああ。ダメ元で挑戦しようと思ってな」

「えっと……討伐依頼は魔物の脅威《きょうい》を取り除くのが目的なので、ちゃんとテイムできれば達成扱いになります」

なるほど。

討伐しなくても、討伐依頼達成扱いになるのか。

「でも、コカトリスをテイムっていうのは……やめたほうがいいと思います。街中《まちなか》に連れ込んだりしたら、大パニックになっちゃいますし……」

「街の外につないでおけばいいんじゃないか？」

「コカトリスが街の近くにいるなんてことになったら、討伐隊が編成されちゃいますよ……。強力な毒を持った、凶暴で危険な大型魔物なので……」

……そんなヤバい魔物なのか……。

まあ、Cランクで飛行型の魔物となると、そういう魔物になるのも無理はないか。

受付嬢の話を聞く限り、あまりテイムに向いた魔物ではなさそうだな。

他に飛行型がいないなら試してみるが。

「分かった。受けるだけ受けてみよう」

「き、気をつけてくださいね！　ユージさんは一度生還していますけど……『死のイリアーチ谷』は、本当に危ないので！」

「ああ。ちゃんと周りを見て、やばそうだったら戻ってくるよ」

「はい！　……コカトリスは毒があるので、注意してください！　ユージさんが死んでしまったら、ギルドの大損失です！」

そう言って受付嬢のアイリアは、俺を送り出してくれた。

一応、解毒用の魔法をチェックしておくか。

リクアルドで一酸化炭素中毒になった人に使った魔法があるから、あれでなんとかなる気がするが。

……1時間後。

俺《おれ》はまた、吊《つ》り橋《ばし》の落ちたあたりに戻ってきていた。

『全員、準備はいいか？』

『大丈夫ッス！』

『うんー！』

俺はスライムとプラウド・ウルフの準備ができたのを確認する。

危険地帯のようなので、気をつけないとな。

『よし、行くぞ！』

『了解ッス！』

『わかったー！』

『さがすぞー！』

そう言ってプラウド・ウルフが、俺達を乗せて谷を下り始める。

それを確認してから俺は『感覚共有』を発動し、スライムの感覚を借りる。

この谷は木が多く、あまり見通しがよくない。

さらにスピードも出ている状況では、人間の視覚などはほとんど役に立たないと言っていい。

こういう時には『感覚共有』だけが頼りだ。

『どっちに向かうッスか⁉』

『とりあえず、谷底を走ってみよう！』

『了解ッス！』

恐らく、この谷で一番魔物が多いのは、谷底だ。
だから谷底を走れば、なにかしら見つかるだろう。

『魔物が来たッスよ！』

『……一応、テイムに挑戦してみるか……』

飛べない魔物でも、いるに越したことはない。
せっかく出てきたのだから、テイミングに挑戦してみよう。

『じゃあ、止まるッスよ！』

そう言ってプラウド・ウルフは急停止した。
目の前にいるのは……プラウド・ウルフより一回り大きい、オオカミ型の魔物だ。

「グルルルルル……」

魔物は低いうなり声をあげながら、ゆっくりと近づいてくる。

……こいつの毛皮には、見覚えがあるな。

ちょっと前にスライムのエサとして買い込んだ、イーガル・ウルフの毛皮が、確かこんな柄だった気がする。

大きさも、ちょうど同じくらいだ。

プラウド・ウルフに比べると脚は遅そうだが……大きい魔物なので、力は強いかもしれないな。

そんなことを考えつつ、俺は『魔物意思疎通』を発動した。

すると……イーガル・ウルフの声が聞こえた。

『コロス！　ニク！　タベル！』

『おい、仲間にならないか？』

『ニク！　ニンゲン！　ニク！』

うーん……会話にならないな。

なんというか、プラウド・ウルフに比べて、だいぶ知能が低いような気がする。

……いや、プラウド・ウルフをテイミングした時には確か、魔法で捕まえてから交渉したはずだ。

もしかしたら、捕縛したら冷静さを取り戻すかもしれない。

などと考えていると、魔物が飛びかかってきた。

「ガウッ！」

『捕縛』

俺は飛びかかるイーガル・ウルフに向かって、捕縛魔法を発動する。
イーガル・ウルフはそれを避けることもせず、魔力の網に引っかかった。

さて、これで冷静になるだろうか。

『ニク！　コロス！　ニク！　タベル！』

……うーん。ダメみたいだ。
やっぱり、ちゃんとテイムして意思疎通できる魔物は、レアなのかもしれない。

『コロス！　コロス！』

イーガル・ウルフは状況を理解していないようで、網に引っかかったまま、俺に噛《か》みつこうとしてくる。

『ニク！』

うん。あきらめよう。
こいつはテイムできないみたいだ。

◇

『うーん、見つからないッスね……』
『いないねー』
『みんな、きてくれないねー』
『でも、ぼくたちがいるよー!』
仲間になる魔物探しを始めてから、およそ1時間が経《た》った。
この1時間で、仲間の魔物は50匹増えた。
だが……そのうち50匹、つまり全員が……スライムだ。

食糧を消費する魔物は増えたが、食糧を運ぶ魔物は1匹も増えていない。

……まあ、テイムできなかった魔物はちゃんと倒すので、食糧自体は結構集まったのだが。

『もうちょっと探して見つからなければ、今日はあきらめるか』

あんまりゆっくりしていると、日が暮れてしまう。

暗闇《くらやみ》の中で魔物探しをするのは、ちょっと危なすぎるからな。

しかし……コカトリスというのは、珍しい魔物なのかもしれないな。

スライムと一緒に探し回って、これだけ見つからないのは珍しい。

『なにか便利な、索敵《さくてき》方法とか持ってないのか？』

『ないよー！』

『ぼくも、ないー！』

なにかいい手はないかとスライム達に聞いてみたが、特にないようだ。

まあ、あればすでに使っているだろう。


『……うーん、難しいか』


飛行と、索敵。

この2つは、今の俺が持っていない魔法だ。

俺が魔法を覚えるのに使った魔導書には、数え切れないほどの魔法があったが……飛行魔法と索敵魔法だけは、見つからなかった。


となると、他の魔法で代用して試すしかないが……。

などと考えていたところで、俺はギルドの受付嬢から聞いた話を思い出した。


そういえば、コカトリスという魔物は、毒を持っているんだったな。

毒物を検知する魔法なら、俺にも使える。

あれを使えば、見つけられるかもしれない。

『魔道具精製――毒物検知』

俺は近くに落ちていた石に向かって、そう唱えた。

すると、その石が一瞬青く輝いた。

そして……その輝きが収まった直後。

『キーン……』という音とともに、小石が振動し始めた。

リクアルドで、毒ガスの一酸化炭素に近づけた時と同じ反応だ。

たぶん、毒に反応しているのだろう。

これは恐らく……近くに有毒の魔物がいるということだろうな。

「……これは、有力な手がかりかもしれない」

そう呟《つぶや》きながら俺は、毒物検知器と化した石を地面の近くで動かす。

すると、石が強い反応を示す方向が分かった。

『あっちだな』

『了解ッス！』

俺は『毒物検知』で割り出した方向をプラウド・ウルフに伝え、そっちに向かって走ってもらう。

すると、だんだんと『毒物検知』の反応が強くなった。

そして……。

『まもの、いたよー！』

『なんか……つよそうなの、いる！』

スライム達が、今までにない強力な魔物を見つけたようだ。

あとは……テイムできるかどうかだな。

『でっかい、とりだよー！』

『とり、いるよー！』


そう言ってスライムが、魔物のほうを指《さ》す。

『感覚共有』で見てみると……確かにそこには、巨大な鳥の魔物がいた。

恐らく、あれがコカトリスだろう。


『ギエーッ！　ギエエエエェーッ！』


様子を窺《うかが》っていると……コカトリスが鳴き声を上げた。

まだこちらには気づいていないようだが……随分と禍々《まがまが》しい鳴き声だな。

体も、まるで自動車のような大きさだ。

これが空を飛んだら、随分と目立ちそうだな……。

おまけに毒持ちとなると、受付嬢の言っていた通り、あまりペットには向かないかもしれない。

だが、もし飼い慣らせれば、輸送力は凄《すさ》まじいかもしれない。
一応挑戦してみるか。

『魔物意思疎通』

とりあえず『魔物意思疎通』を使ってみる。
これから仲間にしようというのだから、まずは平和的にいこう。
……ダメなら、力尽くでねじ伏せてからの交渉になるが。

『おーい！　俺達の仲間にならないか？』

近づくと問答無用で攻撃されそうなので、少し遠くから話しかけてみる。
すると、コカトリスが振り向いた。

『む？　……貴様、人間か？　なぜ俺様と同じ言葉を話している？』

おっ。
一応、言葉は通じるみたいだな。
『魔物と人間の間をつなぐ魔法があるから、それを使ったんだ』
『……妙な魔法を使う人間だな。それで……さっき、なんと言った？』
『俺達の仲間にならないか？　と言ったんだ』
それを聞いてコカトリスは、耳障りな笑い声を上げた。
どうやら俺の提案はコカトリスにとって、嘲笑《ちょうしょう》に値するものだったらしい。
『馬鹿《ばか》を言うな。俺様は、誇り高き魔物。人間の手下になど……』
そう言いかけてコカトリスは、プラウド・ウルフに目を向けた。
ちなみにプラウド・ウルフは……コカトリスにビビって木の陰に半分隠れている。

『おい、そこの狼《おおかみ》はなんだ？』

『こいつか？　こいつは少し前にテイムした、プラウド・ウルフだ』

『そーッスよ！　……コカトリスさん、一緒に来てほしいッス！』

木に半分隠れたまま、プラウド・ウルフが同意する。

コカトリスは激怒した。

『貴様！　人間などの手下になって、プラウド・ウルフのくせにプライドはないのか！』

『うるさいッスよ！　一回ユージさんの手下になってみれば、ここの環境のよさが分かるッス！』

『……貴様……』

『ひぃっ!?　……ユージさん、こいつ怖いッス！　やっつけちまってくださいッス！』

やはり木の陰からは出ずに、プラウド・ウルフがそう叫ぶ。

そんなプラウド・ウルフを見ながら……コカトリスが告げた。

『……うるさい狼だな。だが、今日の俺は機嫌がいい。思わぬ幸運にありつけたからな』

『幸運？　……なにかあったのか？』

『ああ。とても旨《うま》い獲物が、なんの苦労もなく手に入った』

『旨い獲物……？』

それは、イーガル・ウルフとかのことだろうか。

人間にとってはまずい肉だが、魔物にとっては美味《おい》しい肉らしいし。

などと思っていると……コカトリスが動いた。

『知らんのか？　人間の肉の旨さを。特に……毒で痺《しび》れさせた人間を、生きたまま食うのは最高だ！』

そう叫びながらコカトリスは、口から紫色の液体を吐きだした。

なるほど。
とても旨い獲物というのは、俺のことだったのか。

『物理反射結界！』

俺はとっさに、防御魔法を唱える。
紫色の液体は結界に当たって止まったが……それでも周囲に毒はまき散らされた。
コカトリス探しに使っていた毒物検知の魔道具が、激しく振動する。

「……やっぱり……こいつはないな」

……残念ながら、人肉の味を覚えた魔物を仲間にするわけにはいかないな。
空飛ぶ魔物とはいえ、あまりにも問題点が多すぎる。

まあ、こいつがクズでよかったな……。
もしそうじゃなければ、気分的に倒しにくかっただろうし。
不意打ちで攻撃を仕掛けてくれたおかげで、心置きなく討伐《とうばつ》できる。

『火球《かきゅう》』

俺はコカトリスに向かって、魔法を放った。
だが……コカトリスは、素早く羽ばたいて魔法を回避する。
外れた『火球』は、近くの木に当たって爆発《ばくはつ》した。

「意外と速いな……」

俺は放水魔法で火を消しながら、そう呟く。
図体がでかいので、あまり素早くは動かないと思っていたのだが……魔物は見かけによらないようだ。

『なっ……なんだ今の魔法は！　人間どもの魔法で、こんな威力が出るはずがない！』

『ユージさんを、そこらの人間と一緒にしてもらっちゃ困るッスよ！　ドラゴンでも、ユージさんの手にかかればイチコロッス！』

『……そ、そんな化け物に付き合ってられるか！』

それを聞いたコカトリスは慌てたような声を出しながら、飛び去ろうとする。

だが……人食い魔物を、逃がすわけにもいかない。

討伐依頼の対象でもあるしな。

『魔法転送——範囲凍結・中！』

今度こそ避けられないように、俺はコカトリスに凍結魔法を撃ち込んだ。

『なっ……馬鹿な！』

翼《つばさ》を凍らせられたコカトリスが、飛翔力《ひしょうりょく》を失って落下する。
そこに俺は、追撃で魔法を唱えた。

『火球』

『ぐ……ぐあああああぁぁぁあぁ！　こ……この俺が、ただの人間に……食糧ごときにいいいいいいぃ！』

鳥の羽根は、とても燃えやすい構造をしている。
俺の炎魔法はあっという間に全身に燃え広がり……コカトリスは息絶えた。

「さて……討伐依頼は完了だな。仲間にする魔物は、また今度探すか」

そう言って俺は、その場を立ち去ろうとした。
だが……その途中で、スライムの声が聞こえたような気がして立ち止まった。

『ん？　誰《だれ》か、なにか言ったか？』

『いってないよー?』

『ゆーじ、どうしたのー?』

……気のせいだったか。

そう考えつつも、俺は念のため、周囲の声に耳を澄ます。

すると……やっぱり声が聞こえた。

『……て~……い……で~……』

『……これ、スライムの声か?』

確かに……スライムと似た声が聞こえる。

だが、俺がテイムしているスライムとは違うようだな。

『ほんとだー!』

『きこえるー！』

どうやらスライム達も、声に気づいたようだ。

やっぱりこれは……スライムの声だな。

『ちょっと、スライム探しを手伝ってくれ！』

『わかったー！』

そう言ってスライム達があたりに散らばり、声の主を探し始める。

すると、間もなくして……声の出所が明らかになった。

『まって～……いかないで～……』

『そこか』

声が聞こえたのは、ちょうど最初にコカトリスがいたあたりだった。
そこに行ってみると……。

『……鳥？』

地面に、１羽の青い鮮やかな色をした鳥が落ちていた。
鳥の大きさは、ハトと同じくらいだろうか。
……その鳥の翼の一部は、コカトリスの毒のような紫色に染まっていた。

『あっ！　……スラバードくん！』

その鳥を見て、スライムがそう声を上げた。
知り合いなのだろうか。

『その声は～……スライムくん？』

地面に落ちていた鳥が、弱々しい声でそう聞く。

どうやら、知り合いのようだな。

『そうだよー！　どうしたのー？』

『コカトリスに、つかまっちゃって……たべられそうだった～……』

なるほど。

そういえばコカトリスは、人間を毒で動けなくして、弱らせてから生きたまま食べるとか言っていたな。

その習性はどうやら、人間相手だけではなかったようだ。

悪趣味なことだな。

『それは……たいへん！』

『でも、ゆーじが助けてくれるよ！』

『ゆーじー！　スラバードくんをたすけてー！』

そう言ってスライム達は、地面に落ちていた鳥を囲むように集まる。

……助けるというと……解毒でいいのだろうか。

『魔法転送――キュア・ポイズン』

俺は鳥の近くにいるスライムを介して、解毒魔法を発動した。

すると、紫に染まっていた鳥の羽が、青くなった。

これで毒は解除できた。あとは体力か。

『魔法転送――ハイ・ヒール』

俺が回復魔法を唱えると、今まで地面に落ちて動かなかった鳥は、羽根を動かし始めた。

どうやら、問題なかったようだ。

『たすかった……まほう、すごいね～！』

『そうだよー！』

『ゆーじのまほうは、すごいんだよー！』

起き上がった鳥は、スライムと話しながら、翼をパタパタと動かした。
これは……勧誘のチャンスではないだろうか。

そう考えていると……スライムも、同じことを考えたようだ。
スライム達が、勧誘活動を始めた。

『スラバードくん、ゆーじの仲間になろうよー！』

『いいとこだよー！』

『安全だし、ごはんおいしいよー！』

スライムはスラバードを囲んで、そう勧誘をする。
すると……。

『なる～！』

即答だった。
それと同時に……ピロリン、という音が鳴り、ウィンドウが表示された。

『モンスター　スラバードをテイムしました』

こいつ、魔物としての名前もスラバードだったのか。
雰囲気もどことなく似ているし、スライムとなにか関係あるのかもしれない。
……ちょっと聞いてみるか。

『……なあ、スライムとスラバードって、どういう関係なんだ？』
『えっとー……スラバードくんは、ともだちだよー！』
『うんー！　ぼく達をのせて、空飛んだりしてくれるのー！』
『スライムくん達は、雨の日とかに、隠れ場所を教えてくれるんだよ～！』
なるほど。
共生関係というやつか。
……これは、いい魔物がテイムできたかもしれない。
スライムと連携行動ができる飛行型の魔物は、今の俺の仲間として理想的だ。
『でも、最近は全然いないー！』

『スラバードくん、全然見ないよねー！』

どうやら最近ではレアな鳥のようだが、こんなところで見つかったのはラッキーだったな。
このサイズなら目立たないし、ペットとして連れていても違和感がない。
恐らく、ギルドに連れて行っても文句は言われないだろう。

『スラバードくん、のせてのせてー！』

そう言ってスライムは、スラバードに乗りたがる。
……ついさっきまでスラバードは、毒で死にかけていたのだが……。

『おい、さっきまで倒れてた鳥に……』

『わかった～！』

俺が止めようとする前に、スラバードは翼を広げ、地面から飛び立った。
そして、次の瞬間には地面に急降下し……脚の爪《つめ》で、スライムをむんずと摑《つか》んで飛び上がる。

『わーい！』

『そうやって運ぶのか……』

……まるで、猛禽類《もうきんるい》の狩りみたいだ。

スラバードは見かけの割に、意外と俊敏《しゅんびん》なようだな。

スピードもかなり出ている。

だが……。

『わ～っ！　魔物に見つかった～！』

『ゆーじー！　たすけてー！』

そう言ってスライムとスラバードは、あわててとんぼ返りで戻ってきた。

どうやら、警戒心不足なのはスライムもスラバードも変わらないようだな。

というか……同じ性格をしている気がする。
まあ、スライムと組んで飛ばせるには……そのくらいのほうが、ちょうどいいか。
警戒心不足に見えるスライム達も、なんだかんだで致命的な失敗はしてないし。
『魔法転送——範囲凍結・中』
俺はスラバードを追いかけようとしていた魔物を凍らせて、スライム達を助けた。
すると、飛んでいたスラバードが、スライムを掴んだまま俺の元へと戻ってきた。
『おぉ～！　凍った～！』
『ああ。……飛行中に襲われた時には俺が守るから、安心して飛んでくれ』
『わかった～！』
そう言って俺は、スラバードに強化魔法をいくつかかけておく。

プラウド・ウルフと違って俺を運べるほどの力はないが、合体して大きくなったスライムくらいなら、これで運べるだろう。

とりあえず、スライム運びの問題は解決しそうだ。

そう考えていると……スライムの声が聞こえた。

『ゆーじー！　ごはんー！』

『そろそろ、交代しようよー！』

どうやら、ちょうどいいタイミングで交代の時間が来たようだ。

スラバードは、さっき毒から回復したばかりだが……見たところ、元気そうだな。

『キュア・ポイズン』と『ハイ・ヒール』の組み合わせは、一酸化炭素中毒で気絶していた人間さえ、即座に治すような効き目を持っている。

コカトリスの毒くらいのダメージなら、すぐに治ってしまうのかもしれない。

『スラバード、さっそくで悪いが……ちょっと飛べるか？　オルダリオンに潜入してるスライム達を、交代させてほしいんだ。ついでに肉も運びたいが……肉はスライム収納の中だから、スライムごと運んでくれ』

『ぼくも、お肉たべていい～？』

ああ……。
思考回路が、まるっきりスライムと同じだな。

『ああ。いいぞ。交代も兼ねるから、１００匹くらい連れて行ってくれ』

『うん～！　じゃあ、合体して～！』

『わかったー！』

俺の言葉を聞いて、近くにいたスライム達が合体し始める。
そして、１００匹くらい集まったところで……スラバードがスライムを摑んで飛び上がった。

『行ってくるね～！』

『ああ！　魔物や人間に見つからないように、気をつけてくれ！』

『わかった～！』


そう言ってスラバードは、オルダリオンのほうへと飛んでいった。

今度は、魔物に見つからずに済んでいるようだ。

そんなスラバードを見ながら、俺は『感覚共有』を起動し、スラバードの視界を借りる。

スラバードは空から、地面を見下ろしている。

まるで、飛行機にでも乗っているかのような感じだ。

高度はそこまで高くないが、地面から見るのとはわけが違う。

森の中の小型魔物などは、さすがに見つけるのが難しそうだが……この視界があれば、遠くにいる大型魔物などは丸見えだ。

『……飛べるって、便利だな……』

『便利ッスね……』

残念ながら、俺とプラウド・ウルフは空を飛べない。

スラバードは小さい鳥なので、さすがに俺達を運んだりはできないだろうし。

『とりあえず、帰るか』

『了解ッス！　……俺は空を飛べないッスけど、ユージさんを運べるのは俺だけッスよ！』

そう言ってプラウド・ウルフは、いつも以上に張り切って加速し始めた。

どうやら空を飛べるライバルが現れて、輸送係の役目を奪われないかどうか心配しているようだ。

……俺には、プラウド・ウルフをクビにする気など、全くないのだが。

第八章

Tensei Kenja no Isekai life

それから少しあと。

『ついたよ～！』

『交代ー！』

『おにくだー！』

俺達がイリアーチへの道をようやく半分進んだあたりで、スラバード達がそう叫び始めた。

どうやら、オルダリオンに着いたようだ。

……あの谷からオルダリオンは、イリアーチよりかなり遠かったはずなのだが……。

やっぱり、速いな……。

『は、速いッスね……』

『ああ……』

これは、すごい魔物を仲間にしてしまったかもしれないな。
スライムと同じくのんびりした雰囲気だが……凄《すさ》まじく速いぞ。

『交代のスライム、連れて帰るね～！』

『スラバードくん、よろしくー！』

『うん～！』

などと考えている間に、交代の準備が済んだようだ。
スライム達は手早く肉の受け渡しを済ませ、スラバードはその途中で肉をついばむ。
……食べ物が絡《から》んでいる時に限っては、スライム達の行動も素早いな。

そして交代作業が終わり……食糧の山から持ってきた肉の塊をくわえたまま、スラバードが言った。

『ひゃあ、ふっは～ふ（じゃあ、しゅっぱ～つ）！』

『おー！』

そう言ってスラバードは、俺達の元へと飛び立った。

……スライムの交代と食糧運びが、あっという間に終わったな。

◇

数時間後。

イリアーチに戻り、ギルドで報告を終えた俺は、宿に戻っていた。

そして、ちょうど寝ようとしたタイミングで……スライムの声が聞こえた。

『ゆーじー！』

……これは……オルダリオン偵察組のスライム達だな。

どうやら、なにか動きがあったようだ。

『どうした？』

『なんか、えらいひとがあつまってるー！』

『こわそうなかんじだよー！』

そう話すスライムの視界を借りてみると……そこは、大きく豪華な家だった。

……オルダリオンは別に大きい街というわけではなかったはずなので、これだけの規模の家は数が限られる。

恐らく、領主の館だろう。

領主の館に、偉い人が集まっているとなると……『救済の蒼月《そうげつ》』の連中の可能性が高いな。

様子を見てみるか。

『分かった。バレないように注意しながら、声の聞こえる場所に隠れていてくれ』

『うんー！』

そう言って隠れたスライムに、俺は『感覚共有』を発動する。

すると、男の声が聞こえた。

スライムが隠れている場所からだと、姿までは見えないが……人数は3人だな。

「……時間だな。定期報告会を始める。……なにか異常事態はあったか？」

どうやら、オルダリオンの偉い人が集まって、状況を報告する会のようだな。

……ラッキーだ。この会の内容を聞けば、今のオルダリオンの状況が分かるかもしれない。

「周辺には異常なし」

「ギルドにも、大きな動きはない。……だが、ギルド職員から1つ連絡があった」

「ギルド職員から？」

「ああ。……元暗殺対象候補の冒険者ユージが、この街に来たそうだ」

いきなり、俺の話か……。

とりあえず『元暗殺対象候補』という単語が出た時点で、この定期報告会の参加者は全員『救済の蒼月』関係者で確定だな。

「『元』暗殺対象候補ということは……脅威度《きょういど》が低くて、対象候補から外れたパターンか？」

「そうだ。だが……本人を見たギルド職員のローグスが、あいつは危険だと言っていた。どうする？」

「ローグスか。……あいつは確か、冒険者専門の殺し屋だったはずだよな？」

「ああ。……冒険者の実力を見る目なら、『救済の蒼月』の殺し屋より上のはずだ」

……あのギルド受付、元々は殺し屋だったのか。

随分と物騒なギルドだったんだな。

「そのローグスが危険視するということは……本当は、脅威度が高いのか？」

「……その可能性は高いな」

おっと。

話がまずい方向に行き始めたな……。

今のうちに『範囲凍結・中』でも撃てば、ここにいる3人はまとめて凍らせられる。

『救済の蒼月』に情報が伝わってしまうまえに、やっておくべきだろうか。

だが……それをすると、俺は『救済の蒼月』に対する、貴重な情報源を失ってしまう。

そのうえ、急に指導者を失えば、オルダリオンにいる『救済の蒼月』がなにをやらかすか分からない。

ここは、もうちょっと様子見してみるか。

そう考えていると……また声が聞こえた。

「だが、今さら手を出すこともないだろう。もう終わりだからな」

「そうだな。オルダリオンでなにをしようが、今さら関係はない。どうせこの大陸は、残りわずかな命だ」

「ああ。報告も必要ないだろう。今このタイミングで、本部の手を煩《わずら》わせたくない」

どうやら、俺はなにもされずに済むようだ。

だが、気になるのはその理由のほうだ。

……『この大陸は、残りわずかな命だ』とは、どういう意味だろう。

もしかして『救済の蒼月』は、すでにこの世界を滅ぼす計画を動かしているのだろうか。

そう訝《いぶか》しんでいると……親切にも、『救済の蒼月』の男が話してくれた。

「ところで、その『万物浄化装置』の建設はどうだ？　うまくいっているのか？」

「……『万物浄化装置』の建設は、組織の最高機密だ。こんな末端の支部に、建築の進行状況など入ってこない」

「俺達は『万物浄化装置』がどこで建設されてるかすら知らないんだからな。……3秒後に『万物浄化装置』が起動されてこの大陸が滅んでも、俺は驚かんよ」

どうやら『救済の蒼月』の連中は、『万物浄化装置』とやらを使って、この大陸を滅ぼすつもりのようだ。

なんとかして止める必要があるが……オルダリオンにさえ『万物浄化装置』の場所が伝わっていないとなると、止めようがないな。

今のうちに、他の大陸にでも逃げるべきだろうか。

大急ぎで逃げれば、まだ間に合うかもしれないし。

……まあ、本当に大陸を滅ぼせるような装置を作れるかどうかは、怪しい気がするが。

もしかしたら、放っておいてもなにも起きないかもしれない。

「情報は入ってこないが、推測なら立つぞ」

「……どういう推測だ？」

「今のところ『救済の蒼月』には、他支部を含めても大きな動きがない。……ということはつまり、計画通りと見ていいはずだ」

「計画通り……それなら、最短であと10日、遅くても20日で完成といったところか？」

10日……。

もしこいつらが言っていることが本当なら、逃げるとしても急ぐ必要があるな。

だが、もし逃げたとして、本当に無事で済むのだろうか。

『万物浄化装置』がどんな装置かは分からないが、大陸1つを滅ぼす威力ということは、環境に及《およ》ぼす影響も大きいだろう。

そんな魔法が発動した後……この星がまだ、人の住める環境であるという保証はない。

……なんとかして『万物浄化装置』のある場所を見つけて、『終焉《しゅうえん》の業火《ごうか》』でも撃ち込んで計画を阻止したほうが、まだ生き残れる確率が高そうだ。

「10日か。……長かった計画も、これで終わりだな」

「……つまり、俺達もあと10日の命ってわけだ。……悔いはないか？」

「悔いなんてないさ。散々人を殺して満足したし……最後は大陸をまとめて吹き飛ばす計画に加担できたんだ。……できれば、1人ずつ殺して楽しみたかったがな」

うん。

吐き気のするクズだな。

『救済の蒼月』は、単なる快楽殺人者の集団だったようだ。

……だが、ただの快楽殺人者の集団が『救済の蒼月』なんて大層な名前を付けるだろうか。

などと思っていると……また声が聞こえた。

「本部は俺達と違って『黒き破滅の龍』を倒すのが目的だからな。そこは仕方ないさ」

「確かに本部のお偉方は、あんまり殺しに興味がなさそうなんだよな。……沢山殺せるのはいいが、俺はそこだけ不満だったぜ」

「まあ、大規模な殺しに参加できるって役得があるなら、本部がなにを考えてても知ったこっちゃねえけどな！」

……どうやら『救済の蒼月』は、本部と末端で目的が違うようだ。

末端の目的は恐らく、殺人のための後ろ盾を得ること。

本部の目的は……『黒き破滅の龍』とやらを倒すことだろうか。

「ところで……本部が言ってた『黒き破滅の龍』ってやつは、本当に倒せるのか？　俺としては、人さえ死ぬならそれでいいんだが」

「分からん。神話では『黒き破滅の龍』は『使者』にしか倒せないって話らしいが、あんなの眉唾《まゆつば》だしな」

「……だな！　まあ、どうでもいいか！」

どうやら『救済の蒼月』オルダリオン支部は、本部の目的にあまり興味がないようだ。

だが……ヒントは手に入ったな。
連中が言っていた『黒き破滅の龍』。
この大陸を滅ぼす『万物浄化装置』が、その龍を倒すために作られたなら……『黒き破滅の龍』について調べれば『万物浄化装置』が作られそうな場所も分かるかもしれない。

となると、神話を調べるべきだな……。
とりあえず、教会に行ってみるか。

◇

「……ここか」

イリアーチの教会は、街の中心付近にあった。
だが……教会の建物は、今までに見た教会に比べてかなり小さかった。
蔵書の量などにはあまり期待できそうにないな。
だが、大きい教会がどこにあるかなどは聞けるかもしれない。
とりあえず、中にいる人に聞いてみるか。
そう考えつつ俺は、教会へと足を踏み入れる。
——教会の中は、とても静かだった。
他に誰《だれ》もいない中で、1人の司祭が熱心に祈りを捧《ささ》げている。

これは……声をかけにくいな。

なんというか、口を開いていい状況じゃない気がする。

どうしたものか……。


などと考えていると……司祭がふいに立ち上がった。

そして、ゆっくりと俺のほうへと振り向き……納得のいったような顔をする。

「なるほど。こういうことでしたか」


「……シュタイル司祭？」


その顔には……見覚えがあった。

『デライトの青い龍』が出た時、その正体を言い当て、討伐《とうばつ》に必要な武器『ケシスの短剣』を俺にくれた人物。

シュタイル司祭だ。


「はい。ユージさん、お久しぶりですね」

「あ、ああ。……シュタイル司祭が、なぜここにいるんだ？」

「神のお告げを受けたのです。今日、イリアーチの教会に行けと」

なるほど。

また神のお告げか。

以前、俺に『ケシスの短剣』をくれた時にも、神のお告げがどうとか言っていたな。

「……お告げの内容は、ここに来いということだけか？」

「いいえ。……この教会にいて、最初に来た者の手伝いをしろというのが、お告げの内容です」

「手伝い？」

「はい。……私に、なにかできることはありますか？」

……できること……か。

俺は今『黒き破滅の龍』と『万物浄化装置』についての情報を探しに、教会に来た。

この教会の蔵書には期待できないが……シュタイル司祭は確か元々、教会のかなり偉い人だったはずだ。

神話の内容には、詳しいかもしれない。

「いくつか、知りたいことがある」

俺の言葉を聞いて、シュタイル司祭が頷《うなず》く。

「『黒き破滅の龍』というものを、知っているか？」

「『黒き破滅の龍』ですか。……知っていますよ」

シュタイル司祭は、静かにそう答えた。

「有名な龍なのか？」

「……いいえ。知名度はほとんどない龍です。情報統制がかけられていますから」

「隠さなきゃいけないような情報なのか？」

「はい。……どこでその名を聞いたのかは分かりませんが……様々な事情により、現在は名前すら明かすことが禁止されています。今『黒き破滅の龍』について知っている教会関係者は、ごく一部の上層部だけ……人数にして、10人もいないでしょう」

それは……かなりの重大機密だな。

……シュタイル司祭に聞いてよかった。

もし教会に行って聞いても、絶対に教えてもらえなかっただろうし。

さて、ここから先については、どうやって聞けばいいだろうか。

俺は教会関係者でもなんでもないし、さすがに教えてもらえない気がする。

などと考えていると……シュタイル司祭が口を開いた。

「ですが、お教えします」

「いいのか？」

「神は『最初に教会に来た者を手伝え』と仰《おっしゃ》いました。……神のお告げは、他の全てに優先します」

「……ありがたい」

神に破れと言われれば、教会のルールも破るというわけか。

今の俺にとっては、ありがたい話だな。

「『黒き破滅の龍』は、神話の中で『使者』に倒された龍です。出現の前には、世界に7つの異変が起きるそうですが……その異変の内容は、ごく一部しか分かっていません」

なんと、あっさり情報を教えてくれた。

ありがたいが……いいのだろうか。

まあ、ここはありがたく聞いておくか。

「分かっている異変は、どんなものなんだ？」

「……分かっているのは、2つです。1つは『黒き魔物』。その名の通り、黒く染まった魔物が出現します。……もう1つは『蒼《あお》き月』。空に浮かぶ月が蒼く染まるそうです」

「つまり、まだ予兆はないってことか」

……蒼き月と聞くと、『救済の蒼月』を思い出すな。

だが今のところ、月が蒼く染まったことも、黒い強力な魔物が現れたという話も、聞いたことはない。

とりあえず……今すぐにその龍が出てくるような心配は、しなくていいようだ。

となると、俺が止めるべきは『万物浄化装置』のほうだな。

これが教会に関係のある話かは分からないが、聞くだけ聞いてみよう。

「もう1つ聞きたいんだが……『万物浄化装置』って分かるか？」

「はい。『万物浄化装置』は、古代の教会が悪《あ》しき龍を倒すのに使った装置……と、されています。一般的な神話では、の話ですが」

……気になる言い方だな。

まるで、一般的な神話が間違っているみたいだ。

「……一般的じゃない神話もあるのか？」

「はい。『万物浄化装置』が、龍を倒すのに使われたというところまでは、合っています。しかし……そこから先が違います」

「……そこから先？」

「一般的な神話では、悪しき龍は『万物浄化装置』によって倒されたことになっていました。……しかし、恐らく本当の神話では……『万物浄化装置』は、龍を相手に全く役に立たなかったのです」

なるほど。

確かに『デライトの青い龍』は、やたらと頑丈だったからな。

神話の『悪しき龍』とやらがどんな龍かは知らないが……生半可な攻撃装置では、傷もつけられないのかもしれない。

「それで、どうなったんだ?」

「『万物浄化装置』の余波で世界の人口の半分が死に絶え、生き残りのほとんども、『悪しき龍』によって殺されました。……そこで『使者』が現れ、龍を打ち倒したのです」

なるほど。

『万物浄化装置』は、脚を引っ張っただけってことか。

しかし、世界の人口の半分が滅ぶってすごいな……。

『救済の蒼月』の連中は、『万物浄化装置』で大陸を滅ぼすとか言っていたが……大陸1つくらいで済むなら、まだマシなほうなのかもしれない。

まあ、所詮《しょせん》は神話なので、実際のところは分からないのだが。

「その『使者』ってなんなんだ？」

「世界を救う者ですが……その詳細は全く分かっていません。普通に生まれるという説もあれば、儀式によって召喚されるという説や、どこからともなく現れるという説もあります」

……なるほど。

つまり、なにも分かっていないのと同じってことだな。

『デライトの青い龍』を倒した時には『使者』なんて現れなかったし、『使者』には期待はしないほうがよさそうだ。

せいぜい『使者』が倒さなきゃいけないような龍がこれ以上現れないことを、祈っておこう。

「とりあえず、その『万物浄化装置』を止めればいいってことか。……どこにあるか知ってるか？」

「……『万物浄化装置』が今の世界に存在するなどという話は、聞いたことがありません。しかし……手がかりがないなら、マーネイアに行くことをお勧めします」

「マーネイア？」

「はい。私も行ったことのない場所ですが……神から、そうお告げがありました」

神のお告げか……。

別に俺は、この世界の神を信仰しているわけではないが……シュタイル司祭のことは、信用して大丈夫だろう。

今のところシュタイル司祭が受けた『神のお告げ』は、全て当たっているし。

「分かった、ありがとう」

「お役に立てたなら幸いです」

第九章

Tensei Kenja no Isekai life

……それから少しあと。

俺はマーネイアの場所を調べるために、ギルドへと来ていた。

ギルドには大きい地図があるので、そこに行けば街の場所などが分かるのだ。

……分かる、はずだったのだが……。

「ないな」

なんと、ギルドの地図には『マーネイア』という地名が載っていなかった。

地図に載っていない街というのは、珍しいな。

……受付嬢に聞いてみるか。

ちょうど、コカトリスを討伐した時の受付嬢がいることだし。

「ちょっと聞きたいことがあるんだが」

「聞きたいこと？　なんですか？」

「マーネイアっていう街の場所を教えてくれないか？　地図を見ても、見当たらないんだが……」

「えーっと……マーネイアですか？　ちょっと調べてみますね」

聞かれた受付嬢は、分厚い書類をめくり始める。

……少しして、受付嬢が言った。

「分かりました。このあたりです！」

そう言って受付嬢が、ギルドの地図に『マーネイア』と手書きで書き込む。

この地図って、書き足してよかったんだな。

「地図にない街って、珍しいな」

「はい。……多分、この地図を作った後にできた、新しい街だと思います！」

なるほど。

新しい街だったのか。

となると、街ができた理由も気になるところだな。

『万物浄化装置』に関《かか》わる街なら、普通の街ではなさそうだし。

……だが、そのあたりの情報は、必要になった時に集めればいいか。

今はとにかく現地に行って、状況を探るのが先決だ。

「悪いな、調べてもらって」

「いえ！　ユージさんにはコカトリスの討伐で、すごくお世話になっていますから！　……

ユージさん、街の場所を聞くってことは……もう、イリアーチを出てしまうんですか？」

「……ああ。ちょっと事情があってな」

俺がそう答えると、受付嬢は悲しそうな顔をした。

コカトリスを倒したのは、どうやら大きな手柄だったようだ。

「えっと……いつでも待ってますから、気が向いたら戻ってきてくださいね！　死のイリアーチ谷で戦える冒険者さんなら、依頼はいくらでも用意しますから！」

「ありがとう。……また来るよ」

そう言って俺は、ギルドを出た。

さて……受付嬢のお陰で、場所は分かった。

とりあえず行って、調べてみるか。

本当にマーネイアに情報があるかは分からないが……今はシュタイル司祭の言葉以外、手がかりがなにもないからな。

『行くぞ！　スラバードは先行して偵察を頼む！』

『わかった～！　……スライム、どうする～？』

『100匹くらい連れて行ってくれ！』

『りょーかい～！』

スライムのうち100匹ほどは、スラバードに持ってもらうことにした。

先に着いてくれれば、それだけ早く調査を始められるからな。

◇

ちょうど日が落ち始めた頃。

先行したスラバードが、マーネイアの街へと到着した。

俺とプラウド・ウルフも、あと30分ほどでマーネイアに辿《たど》り着く。

『みえたよ～！』

『みえたー！』

スラバードとスライムが、俺にそう報告する。

マーネイアは一見、普通の街だった。
特に警備が厳しい感じもしないし、恐らく街自体はオルダリオンと違って『救済の蒼月《そうげつ》』に支配されているわけではないのだろう。

……だが空から見ると、怪しい場所はすぐに分かった。
街の外れにある、大きい屋敷。
その敷地内に、大勢の人間が等間隔に並んでいた。
ほぼ全員が、外に鋭い視線を向けている。

明らかに、なにかを警戒している様子だ。

『……あそこだな』

屋敷の中から、変な魔力の気配は感じない。
もし大陸を丸ごと滅ぼすような装置があるのなら、遠くからでも魔力の気配は分かるはず。
つまり、あそこに『万物浄化装置』はないが……ヒントがあるかもしれない。

『スライム、なげる〜?』

地上を見ながら、スラバードがそう俺に問う。
確かに、空からスライムを投げるのも1つの手ではあるが……屋敷の周囲には、空を見ている人間もいる。

空からスライムを投げ込むと地上から丸見えだし……隠蔽《いんぺい》魔法を使っても、上空から落下すれば大きい音が立つ。
普通に地上から隠蔽魔法を使ったほうが、見つかりにくそうだな。

『……いや、地上からの侵入にしよう。適当な場所にスライムを下ろしてくれ』

『わかった〜！　なげて、だいじょうぶー？』

『ああ。目立たない場所で頼む』

『わかったー！』

そう言ってスラバードは、街外れにある畑のあたりへと飛んでいき、スライムを投げ捨てた。

『わーっ！』

上空から投げ捨てられたスライムは、真っ逆さまに地面へと落下する。

だが、体が軟《やわ》らかいだけあって、無傷で着地したようだ。

……スライムの扱いがなんだか雑な気がするが、まあ無傷なのでよしとしよう。

スラバードはスライム運びに慣れているので、危ないことはしないだろうし。

『スラバードはそのまま上空で待機、スライム達は例の屋敷の様子を見てくれ』

『わかったー！』

そう言って屋敷に向かうスライム達に、俺は隠蔽魔法をかける。

これでスライムは、人間の目には見つからない。

なぜ屋敷に、あんな警備網があるのかは分からないが……まあ、じっくり調べさせてもらうとしよう。

そんなことを考えつつ、俺はプラウド・ウルフに指示を出す。

『プラウド・ウルフ。街に着く直前で止まってくれ』

『分かったッス！』

まだ、あの警備の正体が『救済の蒼月』かどうかは分からない。
だが相手が『救済の蒼月』だった場合、元暗殺対象候補の俺が今のタイミングで街に入れば、確実に怪しまれる。
まずは街の外から様子を見て、必要な時に入るとしよう。

『ついたよー！』

『いっぱい人がいるー！』

スライムが、屋敷へと到着したようだ。
……屋敷を警備している人間は多いが、結界魔法などは張られていない。
そのことを確認して、俺はスライム達に指示を出した。

『いったん、屋敷を包囲してくれ。』

『わかったー！』

そう言ってスライム達が、屋敷を取り囲むように動き始めた。
侵入する前に、警備網の薄い場所などを調べておきたかったのだ。
それに、こうしておけば……屋敷に人が出たり入ったりすれば、すぐに分かる。
もし怪しい動きがあるようなら、スラバードかプラウド・ウルフに追跡してもらおう。

そう考えていると……屋敷の門のあたりで、2人の男が話し始めた。
1人は、頑丈そうな装備をつけた騎士。
もう1人は、貴族風の男だ。

『……警備網は万全ですね？』

貴族風の男が、騎士にそう問う。
どうやら、この男が警備を指示しているようだな。

『はい。総勢200名を超える監視役が、昼夜問わず見張っています』

『我らの目的がついに果たされるのです。しっかり頼みます』

『もちろんです！　私達の監視網は、スライム1匹通しませんよ！』

そう言って、騎士が胸を張る。
スライム1匹通さない警備か。

そう言われると、ちょっと試してみたくなるな。
まあ、言われなくても侵入することに変わりはないのだが。

『……侵入できそうか？』

『うんー！』

屋敷を包囲していたスライム達は、そう言って屋敷のほうへと歩き始めた。
周囲に目を光らせる警備員たちは……それに気づく様子もない。

スライム一匹通さない監視網とやらを、俺のスライム達が素通りしていく。
隠蔽魔法の前では、人の目による監視は無力だった。
『はいれたー！』
『バレてないよー！』
『かんたんー！』
1匹も見つかることなく屋敷へと侵入したスライム達が、そう声を上げる。
さて……『救済の蒼月』の企《たくら》みの中身を、見せてもらうとするか。

あとがき

はじめましての人ははじめまして。それ以外の人はこんにちは。進行諸島《しんこうしょとう》です。

本シリーズも、いよいよ5巻です！
累計《るいけい》部数も150万部突破ということで、絶好調のシリーズです！
ここまで来ることができたのは、読者の皆様のお陰です。ありがとうございます！

まず『5巻で初めて手に取った！』という方向けに本シリーズの概要を軽く説明させていただきます。
本シリーズは、異世界に転生した主人公が、自分の力の異常さを自覚しないまま無双する作品です。最強の力を得た主人公と、仲間のスライム達の手によって、異世界の常識は粉々に吹き飛ばされていきます！

以上です！
詳しい内容については……ぜひ本編を読んでお確かめ頂ければと思います。

今回は後書きが短めのため、そろそろ謝辞《しゃじ》に入りたいと思います。

書き下ろしや修正などについて、的確なアドバイスをくださった担当編集の方々。

前巻までに引き続き、素晴《すば》らしい挿絵《さしえ》を描いて下さった風花風花《かざばなふうか》様。

漫画版を描いて下さっている彭傑《ポンジェー》先生、Ｆｒｉｅｎｄｒｙ Ｌａｎｄの方々。

それ以外の立場から、この本に関わってくださっている全ての方々。

そしてこの本を手にとって下さっている、読者の皆様。

この本を出すことができるのは、皆様のおかげです。ありがとうございます。

6巻も、今まで以上に面白《おもしろ》いものをお送りすべく鋭意《えいい》製作中ですので、楽しみにお待ち下さい！


最後に宣伝《せんでん》を。

来月は私の新シリーズ『極《きわ》めた錬金術に、不可能はない（仮題）』の1巻が発売になります！

実はまだタイトルが未定なのですが、原稿は書き上がっています！　絶対に面白いです！

こちらは主人公無双＋生産ものシリーズとなっていますので、興味を持っていただけたら是非《ぜひ》よろしくお願いします！

それでは、また次巻で皆様とお会いできることを祈って。

進行諸島

GAノベル

転生賢者の異世界ライフ５
～第二の職業を得て、世界最強になりました～

2020年３月31日　初版第一刷発行
2022年６月30日　　　第三刷発行

著者　進行諸島

発行人　小川 淳

発行所　SBクリエイティブ株式会社
〒106-0032　東京都港区六本木2-4-5
03-5549-1201　03-5549-1167（編集）

装丁　AFTERGLOW

印刷・製本　中央精版印刷株式会社

ISBN978-4-8156-0542-1
Printed in Japan

ファンレター、作品のご感想をお待ちしております。

〒106-0032　東京都港区六本木 2-4-5
SBクリエイティブ株式会社
GA文庫編集部 気付

「進行諸島先生」係
「風花風花先生」係

本書に関するご意見・ご感想は
下のQRコードよりお寄せください。
※アクセスの際に発生する通信費等はご負担ください。

https://ga.sbcr.jp/

「失格紋の最強賢者」ペアが贈る、
もう一つの異世界最強譚
異世界転生×賢者
＝無双!?

マンガUP!
にて
大好評連載中
!!!
転生賢者の異世界ライフ
～第二の職業を得て、世界最強になりました～
原作 進《しん》行《こう》諸《しょ》島《とう》(GAノベル／SBクリエイティブ刊)
漫画 彭《ポン》傑《ジェー》(Friendly Land)
キャラクター原案 風《かざ》花《ばな》風《ふう》花《か》
©Shinkoshoto / SB Creative Corp.

最強のさらにその先を目指す、
戦う魔法使いの物語！
殲滅魔導の最強賢者
無才の賢者、魔導を極め最強へ至る
進行諸島先生×
風花風花先生の
大ヒットファンタジーを
原作：進行諸島（GAノベル／SBクリエイティブ刊）
キャラクター原案：風花風花
漫画：月澪＆彭傑（Friendly Land）
(c) Shinkoshoto / SB Creative Corp.Original Character Designs: (c) Huuka Kazabana / SB Creative Corp.

コミカライズ！
マンガUP！にて
大好評連載中！
最強を目指す、
戦う魔法使いの物語！
失格紋の最強賢者
～世界最強の賢者が更に強くなるために転生しました～
原作：進行諸島（GAノベル／SBクリエイティブ刊）
キャラクター原案：風花風花
漫画：肝匠＆馮昊（Friendly Land）

第15回 GA文庫大賞
GA文庫では10代～20代のライトノベル読者に向けた
魅力あふれるエンターテインメント作品を募集します！
世界を書き換えろ！
イラスト／ファルまろ
大賞賞金300万円＋ガンガンGAにてコミカライズ確約！
◆募集内容◆
広義のエンターテインメント小説（ファンタジー、ラブコメ、学園など）で、日本語で書かれた
未発表のオリジナル作品を募集します。希望者全員に評価シートを送付します。
※入賞作は当社にて刊行いたします。詳しくは募集要項をご確認下さい。
応募の詳細はGA文庫
公式ホームページにて
https://ga.sbcr.jp/